D0925832

TOUTES

    LES FOIS

OÙ JE

    NE SUIS

PAS MORTE

Du même auteur

Va chercher, L'insolite destin de Julia Verdi, Libre
    Expression, 2014
«Rares sont les hommes», dans *Crimes à la librairie,*
    collectif de nouvelles, Éditions Druide, 2014
Dis oui, Libre Expression, 2013
La Vie comme avec toi, Libre Expression, 2012
Je compte les morts, Libre Expression, 2009

GENEVIÈVE LEFEBVRE

TOUTES LES FOIS OÙ JE NE SUIS PAS MORTE

Libre Expression

Une société de Québecor Média

Catalogage avant publication de Bibliothèque et Archives nationales du Québec et
Bibliothèque et Archives Canada

Lefebvre, Geneviève, 1962-
Toutes les fois où je ne suis pas morte
ISBN 978-2-7648-1126-9
I. Titre.
PS8573.E379T68 2016   C843'.54   C2016-940952-X
PS9573.E379T68 2016

Édition : Pascale Jeanpierre
Révision et correction : Marie Pigeon Labrecque, Isabelle Lalonde
Couverture : Axel Pérez de León
Mise en pages : Jacqueline Agopian
Photo de l'auteure : Julien Faugère

Cet ouvrage est une œuvre de fiction ; toute ressemblance avec des personnes ou des
faits réels n'est que pure coïncidence.

Remerciements
Nous remercions le Conseil des Arts du Canada et la Société de développement des entre-
prises culturelles du Québec (SODEC) du soutien accordé à notre programme de publication.
Gouvernement du Québec – Programme de crédit d'impôt pour l'édition de livres – gestion
SODEC.

Les Éditions Libre Expression
Groupe Librex inc.
Une société de Québecor Média
La Tourelle
1055, boul. René-Lévesque Est
Bureau 300
Montréal (Québec) H2L 4S5
Tél. : 514 849-5259
Téléc. : 514 849-1388
www.edlibreexpression.com

Dépôt légal – Bibliothèque et Archives nationales du Québec et Bibliothèque et Archives
Canada, 2017

ISBN : 978-2-7648-1126-9

Distribution au Canada
Messageries ADP inc.
2315, rue de la Province
Longueuil (Québec) J4G 1G4
Tél. : 450 640-1234
Sans frais : 1 800 771-3022
www.messageries-adp.com

Diffusion hors Canada
Interforum
Immeuble Paryseine
3, allée de la Seine
F-94854 Ivry-sur-Seine Cedex
Tél. : 33 (0)1 49 59 10 10
www.interforum.fr

Aux femmes de ma vie, et à ma sœur, Sophie.
Parce que c'était vous.
Parce que c'était moi.

« L'amour, tu sais, ce dont il a le plus besoin,
c'est l'imagination.
Il faut que chacun invente l'autre avec
toute son imagination, avec toutes ses forces
et qu'il ne cède pas un pouce de terrain
à la réalité ; alors là, lorsque
deux imaginations se rencontrent…
il n'y a rien de plus beau. »

ROMAIN GARY

PROLOGUE

Par un après-midi d'hiver, il est venu vers moi.

Je sortais de la douche. Ses mains, si fortes, ont fait ce qu'elles savaient faire de mieux : me prouver leur amour.

Il a arraché la serviette blanche qui couvrait mon corps, m'a poussée à terre, empoignée par la crinière et m'a tenue là, à quatre pattes, des échardes plein les genoux, des frissons plein le corps. Je sentais ses ongles dans la chair de ma nuque. Je savais, à la pression délicate de ses doigts, que son amour serait fort. Son poing s'est abattu sur mon dos, ma tête, l'endroit tendre où l'oreille rejoint le menton – pas le visage, notre survie financière en dépendait, *pas le visage*, je devais pouvoir aller à l'abattoir sans hématomes –, il a repris son souffle et, pendant un moment, les coups ont cessé.

— Dis-moi que tu m'aimes, Catherine.

Je me taisais, et j'attendais. La vie avec lui était une succession d'ondées tropicales, subites, rageuses, qui libéraient son ciel pour mieux inonder ma terre.

Sur le plancher gris de notre appartement miteux, j'étais une chienne ; le corps couvert de bleus, les flancs maigres, le sang boosté aux globules blancs de la mononucléose, et l'œil féroce. Je refusais de baisser les yeux, je le défiais.

Encore. Et encore.

Je ne me soumettais pas, et ça le rendait fou. Alors il me bûchait, à pleines mains, à verse, dis-moi que tu m'aimes, dis-moi que tu m'aimes, dis-moi *que tu m'aimes*.

Ceux qui ne connaissent rien des épousailles d'un poing et d'un os se réfugient derrière les lieux communs, tout réconfortés de penser qu'il y a une victime et un bourreau. Ils ont tout faux : la violence est un défi posé à des protagonistes en mal de triomphe sur l'autre. Jusqu'où ira-t-il pour se sentir plus fort que moi ? Jusqu'où vais-je me laisser meurtrir pour le pousser à se dévoiler dans la splendeur de sa médiocrité ? Plus il déraillait, plus il faisait la preuve qu'il était minable, et plus il était minable, plus je marquais des points.

Jusqu'au knock-out final.

Je suis championne toutes catégories dans la mise en lumière des minables. Un jour, j'y laisserai ma vie.

Quand les os de ses poings ne suffisaient pas, il sortait l'acier. Ça lui venait de l'enfance, cet amour des fusils. À Mostaganem, en Algérie, il y avait des armes, à cause des terroristes. Ce pays d'or et de lumière où, petit Français aux pieds noirs, il avait été heureux. Et puis, il y avait eu «les événements», comme disait sa mère, en pinçant ce qui lui restait de lèvres sèches et froides. Les Français d'Algérie ne prononçaient pas le mot «guerre», ça aurait été reconnaître qu'*ils* – les Algériens – avaient raison. Qu'*ils* avaient le devoir de se résoudre à la violence s'ils voulaient reprendre possession de leur terre, et de leur fierté, ce pays intime que l'on porte au fond du ventre quand il ne nous reste plus rien.

Il était rentré par bateau, en octobre 1962, tout malingre dans ses culottes courtes de gamin, déjà séduit par sa colère, plus grande que lui. En rage contre sa mère qui l'arrachait aux copains, en rage contre la France qui alimentait la haine, en rage contre le pays de son enfance qui le rejetait comme un malpropre.

Tout entier possédé par sa rage.

De cet exil forcé, il portait encore les traces humiliantes et corrosives.

Il m'était arrivé de lui tendre la main. Il lui arrivait d'en accepter l'offrande. Ça ne durait pas. Une défiance de ma part, un rejet, un désir de lui échapper – élan qui revenait tout le temps, le fuir –, et la colère flambait en feu de brousse, impossible à contenir.

De ma rencontre avec lui, il m'est resté une certitude : il y a des gens qui ne doivent pas savoir qu'on a vu ce qu'il y a de faible en eux, ça les rend dangereux.

Le canon de son revolver fouillait ma nuque à la recherche du petit creux – alcôve à gun – qui laisserait entrer, facile facile, la balle qu'il avait mise dans le barillet. C'était son jeu préféré, la roulette russe, sa vie était un long fondu enchaîné entre ses images et celles de *Deer Hunter*, son film fétiche. Rien ne le faisait plus bander que de me soumettre à la terreur, à l'incertitude, à la défaite. Il insérait une balle, faisait rouler le barillet, frrrrrrr, frrrrrr, clic, et, à nouveau, je sentais le métal sur ma nuque, sa queue dans mon cul, pendant qu'il me balançait toutes les raisons qui justifiaient ma mise à mort : j'étais folle, folle raide, folle à interner, folle à qui on enlèverait son enfant, un animal à achever, c'est ce qu'on fait aux bêtes qui ont la rage, on les tue.

Bam.

J'avais qu'à pas être folle. C'est vrai, quoi, si seulement je pouvais me montrer obéissante, aimante, soumise, on n'en serait pas là. Si seulement j'acceptais de *disparaître*, vidée de toute substance, de tout désir, on n'en serait pas là.

Non, on n'en serait pas là. Dans cet appartement de misère, dans cette vie de gale, laide et froide, avec mes flancs meurtris, à quatre pattes sur ce plancher que je n'arrivais pas à laver. Ce n'est pas une vie, c'est un trou noir.

C'était moi qui l'obligeais à ces mesures extrêmes, moi la coupable, moi qui me conduisais mal, moi qui n'en faisais pas assez, qui en faisais trop, la cinglée qui déraillait, la sale petite pute, la salope à quatre pattes. La roulette russe, ce n'est pas pour les femmes aimantes.

« Dis-moi que tu m'aimes », insistait-il, cerné d'olive sous ses yeux noirs, homme du Sud dans un pays du Nord, Méditerranée sur fond de lumière boréale, pour qui toute forme de communication passait par l'impératif.

Déshabille-toi. Mets-toi à genoux. Suce, plus fort, prends-la toute, jusqu'à la garde, jusqu'aux larmes du haut-le-cœur. Regarde-moi. Baisse les yeux. J'ai dit baisse les yeux. Avale, petite salope.

Maintenant, dis-moi que tu m'aimes.

Chacune des secondes de mon silence lui disait « Je ne t'aime pas ». J'aurais pu, le dire, me débarrasser.

Je t'aime.

Trois mots vite crachés pour qu'il me baise sans me battre. Je voulais que les mots sortent de ma bouche. Pour en finir. Je n'y arrivais pas, les cordes vocales barrées à quarante. Quelque chose en moi se rebellait à l'idée qu'il puisse me posséder tout entière, choquée par l'injustice ; il avait ma peau, il n'aurait pas mes mots d'amour. Ça, non.

Mon corps nu était traversé de spasmes. J'avais froid, j'étais fatiguée et je ne voulais qu'une chose : dormir jusqu'à la fin des temps.

Tire, mais tire donc.

Dans la chambre d'à côté, un bébé pleurait.

Le mien. Celui qui était sorti de mon ventre tout lustré, petit phoque sur sa banquise. Mon bébé, mon tout petit garçon si doux, toi, dont le sang avait été d'emblée contaminé par la violence et la folie, tu ne portais aucune révolte, aucune trace de ton hérédité de merde, même tes pleurs d'enfant étaient tendres.

Sous les poings sourds de ton père, j'entendais ta petite cantate de détresse, animale. Je ne supportais pas de t'entendre, j'aurais donné ma vie pour être sourde. Moi qui n'avais pas peur de ton père, de sa vindicte, de ses coups, de ses injures, j'avais peur d'un seul son de ta gorge minuscule et blanche.

J'avais peur de ta main qui se pose sur mon sein, de ton crâne soyeux de poussin pelé, de ton parfum de lait, un peu miellé, un peu caillé. Tu étais la faille qui me rendait vulnérable. L'homme qui jouait à la roulette russe avec ma tête le savait, et il se servait de toi pour m'atteindre.

— Dis-moi que tu m'aimes, dis-le.

Jamais.

M'attendrir à tes pleurs, mon bébé, c'était un luxe que je ne pouvais pas me permettre, alors ma tête s'enfuyait. Elle quittait le sol, la chambre, cet appartement, emportant tes pleurs dans ses griffes. «Je» n'existait plus. Sur le plancher gris, il n'y avait plus qu'elle.

Elle.

Une dépouille. Sourde, muette, sans âme. Une chose. Un déchet. Une vidange. L'homme venu d'Algérie pouvait lui arracher les cheveux, monter le volume des pleurs de l'enfant, la fendre en deux d'une balle dans la nuque, «je» était déjà morte, et *elle* était hors d'atteinte.

— Si tu ne me dis pas que tu m'aimes, je te tue.

Tue-la. Tue-la donc, qu'on en finisse.

C'est ce que je me disais ce matin-là, avec mon fils qui pleurait dans la pièce d'à côté, en réclamant sa mère.

Il a tiré.

Cette fois-là non plus, je ne suis pas morte.

Il faut se méfier des filles qui se foutent de mourir, elles sont capables de tout.

«Viens. Viens me rejoindre. Prends l'avion. Réglons *ça* tout de suite», m'as-tu écrit.

Ça.

Ce désir fulgurant qui nous possédait et qui nous faisait nous écrire vingt, trente fois par jour. Ding, ding, ding, faisait le son de l'alerte qui me claironnait qu'un autre message de toi venait de débarquer, conquérant. Mon Facebook était une suite d'alertes rouges, de désirs intempestifs, sortie de secours grande ouverte dans l'incendie de ma demeure.

Toi, moi, une invasion de rouge : les chœurs, l'armée, la mer, *Guernica*, tout est rouge sang, rouge vie, coquelicot crinqué, vermillon mouillé, à cramoisir Mark Zuckerberg. À nous deux, on a cent ans, on a quinze ans, à la fois usés et tout neufs. Des adolescents turgescents, en pleine décompensation d'un désir longtemps retenu qui nous explose au visage.

Rouge.

Je ne sais plus comment tout ça a commencé. En fait, si, je le sais. D'un trouble un peu gris, ectoplasme, qui flotte entre nous depuis des années, et qui vient de changer de couleur.

J'étais prise. Avec un autre homme. Tu le connais bien, c'est ton ami. Je croyais bien le connaître, c'était celui que j'aimais. Mais je ne vais pas te parler de lui, pas maintenant, nous serions trois, et je ne veux pas de lui dans notre histoire.

Je veux être seule avec toi, débridée, la porte de l'enclos grande ouverte, à califourchon, en amazone, en sueur et partout.

T'aimer, être aimée de toi, et puis se quitter, sans remords, sans regret et sans se retourner.

« Nous » étions une impossibilité. Je le savais. Tu le savais. Trop ou pas assez, va savoir, l'équation qui ne voulait pas de nous comme couple n'était pas claire dans ses raisons, mais elle l'était dans sa promesse de mort annoncée ; *No future* n'était pas que le slogan de notre génération, il était aussi notre avenir amoureux, à toi et moi. Cath et Matt ne seraient pas. Il nous fallait carper le fucking diem, burn baby burn.

Viens, viens me rejoindre, prends l'avion, réglons ça tout de suite.

On serait les cambrioleurs qui vident la maison de l'amour et qui repartent avec leur butin, chacun de son côté, les poches pleines et le cœur libre d'entraves. Il n'était pas question d'en souffrir, ni pour toi ni pour moi. À peine un pincement au cœur, juste assez pour qu'on puisse se dire que c'était une belle histoire, un beau film, l'année dernière à Bruxelles, Lesbroussartstraat, mon amour, dernier tango à Ixelles, et puis basta, au revoir et merci.

C'est notre pacte, celui que nous avons signé, au zénith du rouge.

« La Belgique sera torride ou ne sera pas », m'as-tu promis, en Malraux égrillard. Enfoiré.

C'est fort, le désir. Assez fort pour annuler tous les rendez-vous, mentir à tout le monde, nier le plein potentiel d'un magnifique désastre et prendre un taxi jusqu'à l'aéroport. Ce que j'ai fait sans hésiter. Au moment des grandes débâcles, on ne lève pas le nez sur la possibilité d'une île, surtout sans Houellebecq.

Une semaine. Et encore, une toute petite semaine de six jours, comme la guerre du même nom. Sauf que nous, on était full patch vétérans de toutes les guerres, alors on ferait l'amour. Dans une vie, c'est court, une semaine, il faut s'en faire une éternité.

— Vous allez en Belgique pour des vacances ? m'a demandé le chauffeur.

— Pour le travail.

Je mens, monsieur le chauffeur de taxi, je mens. Ce sont des vacances. De Laurent, de notre rupture sordide, de moi-même. Surtout de moi-même. Quand plus rien n'a d'importance, quand l'incendie a tout ravagé et qu'il ne reste que les décombres et la suie, la tentation est grande de se lover contre un bout de braise et de se laisser consumer jusqu'à l'extinction des feux.

Mourir, ce bain turc qui vous ouvre les bras au cœur de l'hiver.

Ça faisait cinq mois que la tentation était revenue, solidaire de mes jours, et de mes nuits sans sommeil.

Je ne sais pas pourquoi on dramatise, pourquoi on culpabilise ceux qui veulent en finir, pourquoi toutes ces campagnes de «sensibilisation» pour que ceux qui souffrent s'acharnent ; quand le moindre effleurement fait crier, mourir est plus doux que vivre.

Ça se raconte mal, l'usure. L'envie de se retirer, sur la pointe des pieds, en voleuse, de quitter la noce pendant que les autres dansent. Ne restez pas seuls, disent les publicités, demandez de l'aide ! Tu parles… On n'a qu'une envie, s'enfuir, être seul enfin, surtout ne pas s'infliger les appels à la vie et à l'espoir des bien-vivants, et des festoyants.

C'est au-dessus de nos forces.

C'était au-dessus des miennes en tout cas. Moi, la fille «si forte, tu t'en sors toujours», j'étais à sec, vidée, et c'était étrangement réconfortant ; je venais d'obtenir mon laissez-passer pour le grand laisser-aller, mon permis de mal me conduire pour une sortie de route facile. Let it be.

Et puis, il y avait eu Matt et ses drapeaux rouges enflammés.

Un sursaut de vie, un appel de vent pour souffler sur les braises, rallumer le désir et me tirer encore un petit bout du côté des vivants. Aimer, et être aimée, une dernière fois avant de mourir. Je voulais au moins m'accorder ça, un festin de condamné, poulet frit, gâteau au chocolat, haut médoc et le désir de Matt. Ce que la vie a de meilleur à offrir, une dernière fois.

— Vous n'avez pas peur de prendre l'avion, avec les attentats? m'a lancé le chauffeur de taxi.

Les attentats.

Quelques jours plus tôt, le 13 novembre pour être précise, cent trente êtres humains – eux aussi possédés d'envies d'aimer, de baiser, de boire, et de danser sur la musique des Eagles of Death Metal – étaient morts sous les balles des soldats de Daech au Bataclan, à Paris. L'attentat le plus meurtrier en sol européen depuis Madrid. L'attentat le moins meurtrier en comparaison de ceux de Turquie, de Syrie, d'Égypte, du Liban, du Pakistan et du Soudan du Sud, mais ça, c'est les autres, et ils sont loin, si loin, toujours trop loin, à moins de venir se réfugier chez nous. Là, évidemment, ils sont toujours trop proches. Et trop nombreux.

Depuis les tueries de Paris, tous les aéroports du monde étaient sur les dents, sécurité renforcée, paranoïa crinquée, états de siège à fond la caisse.

Chedi Attou, indiquait le permis plastifié, c'était le nom de mon chauffeur de taxi, de mon transporteur vers toi. Nos regards se sont croisés dans son rétroviseur. J'ai vu ses beaux yeux noirs frangés de cils épais, la lumière soucieuse qui irradiait son regard.

— Vous n'avez pas peur?

— Peur de quoi?

Je me souviens de son rire, d'une telle fraîcheur devant l'absurdité du moment: c'était lui, le musulman pure soie, qui s'inquiétait, et moi, l'agnostique pure laine, qui m'en foutais. Le monde à l'envers. Deux personnes dans un taxi aux sièges défoncés et au parfum de tabac froid, c'est minuscule pour faire un monde, mais on venait tout de même de le mettre à l'envers.

Il faut bien commencer quelque part.

Dans l'inquiétude de Chedi, je le savais bien, il y avait celle d'être blâmé s'il y avait d'autres attentats. T'es musulman, arabe, t'as tout à perdre, en perpétuelle probation, sur le siège éjectable de tous les désormais célèbres «amalgames», mot fourre-tout de l'homme de gauche sensibilisé qui tient à l'exprimer pour montrer sa supériorité morale, en une sorte de selfie de sa conscience. Ça sautait quelque part, bam, si tu portais un nom arabe, c'était chaque fois à recommencer, fallait prouver que t'étais pas de «ceux-là», que t'étais un bon citoyen, un ami de l'Occident, et que tu crierais haut et fort pour condamner les atrocités commises en ton nom. Dans la hiérarchie des hommes, s'appeler Chedi, c'était compliqué.

Alors que pour moi, une femme, c'était beaucoup plus simple: devant un homme, n'importe lequel, qu'il soit blanc, noir, jaune ou vert, face à La Mecque ou à la tête du Vatican, gueux à loques colérique ou propriétaire de yacht à dorures, je n'étais, et je ne resterais, jusqu'au bout de ma vie, que la femelle de mon espèce.

Inférieure.

On a beau dire, n'avoir plus rien à perdre, ça libère.

J'aurais pu expliquer à Chedi que je n'avais pas peur parce que, tant de fois déjà, j'aurais dû mourir. Et que tant de fois déjà, j'avais survécu, faufilée de justesse entre les coups de poing, les coups de pied, et ceux de la faucheuse. J'aurais pu avouer à Chedi que j'avais peur de ne pas être aimée, de ne pas être désirée, mais que la peur d'être tuée, ça, non, franchement non, j'étais vaccinée, immunisée. Emportée par les alertes rouges du désir, je m'en foutais que mon avion explose en plein vol.

— Prenez quand même soin de vous, m'a-t-il dit en sortant ma valise de son coffre.

Une valise pleine de robes qui n'avaient d'autre utilité que de pouvoir être troussées par tes belles mains rugueuses, Matt, au gré des allées sombres et des ruelles d'Ixelles, de Saint-Gilles et d'Etterbeek. Les avertissements de M. Chedi étaient vains, je n'avais jamais pris soin de moi, ce n'était pas au moment où tu m'ouvrais les bras que j'allais commencer cette mauvaise habitude.

— Merci, monsieur Attou, choukran.

— Vous parlez arabe ? s'est-il étonné.

— Kunt fi alhubb Bayrut.

J'ai été amoureuse à Beyrouth.

Mon arabe était primaire, d'aucune utilité quand il fallait négocier un tapis, mais il m'avait valu des heures exquises. N'ayant jamais eu le désir de posséder un tapis, ça me suffisait.

— Alors mabrouk à Bruxelles, m'a-t-il dit en me tendant la main.

J'ai pris sa main dans la mienne. Elle était chaude et sèche, vibrante de bienveillance, comme ses souhaits de chance et d'extases.

Je me suis faufilée dans la porte tournante, sans crainte et sans reproches. J'allais te rejoindre, Matt, et nous allions faire l'amour, toute la semaine, flambant nus, incandescents, fluorescents, macérés dans le phosphore, le napalm et l'essence, nous serions les rois de l'explosion, et Daech pouvait aller se rhabiller.

Le corps recroquevillé dans le siège étroit du Boeing, je n'ai pas mangé, pas faim, je n'ai pas bu, pas soif, j'ai tenté de lire, en vain.

J'ai essayé d'éteindre l'écran poisseux incrusté dans le dossier du siège avant pour mieux penser à toi. Obstiné, résistant à toutes mes commandes, il s'entêtait à diffuser d'autres nouvelles de la catastrophe ordinaire : le prix du baril de pétrole, la chute de la Bourse, le sordide quotidien, et puis, tout à coup, des images portant le sceau de la BBC, au Soudan du Sud. Mon cœur a bondi, je savais qu'il portait ta signature, tu m'en avais parlé, de ce reportage, entre deux déclarations torrides sur la splendeur de mes seins et ta hâte de me voir.

J'ai mis les écouteurs. Juste pour entendre ta voix. Dans mon ouïe captive, tu racontais les seigneurs de guerre, Djouba, Wau, Malakal, les viols massifs, les civils brûlés vifs, découpés en morceaux, les femmes et leurs enfants, enfermés dans un conteneur de métal au soleil brûlant, condamnés à la suffocation, l'odeur, l'odeur… tu as dit les mots « crimes against humanity » sans hésitation, ton accent de Montréal plus fort que d'habitude, signe que tu n'avais pas dormi, que tu arrivais au bout de ta prodigieuse résistance à la fatigue, je le sais, je te connais.

Mon cœur s'est serré. Dans quel état allais-je te trouver ?

C'était ton mille et unième reportage pourtant. De tes premiers sentiers lumineux au Pérou à tes obscures embuscades bosniaques, tu avais couvert tous les massacres, toutes les insurrections, le cheveu hirsute, l'œil insomniaque et l'humour en bandoulière. Je ne comptais plus les fois où je t'avais vu revenir d'une de tes zones de guerre, d'un de tes foyers de pestilence et de choléra, intact, ou presque. Joyeux. Prêt à plonger dans l'état désastreux de nos rues montréalaises ou dans les débâcles, tout aussi désastreuses, des joueurs de la sainte flanelle. Comme si tu arrivais d'un Club Med, un peu cerné d'avoir trop bamboché.

Tu débarquais en ville, le téléphone sonnait. « Tu as du carbonara pas loin ? » Tu arrivais à la maison, parfois avec une bouteille de rouge, jamais une bonne, tu t'en foutais du vin, tu te foutais du menu, tu ne venais pas pour manger. Tu venais nous voir. Nous. Laurent, dont je ne veux pas parler, le chien, la famille, moi. Tu venais pour retrouver le normal, l'ordinaire, la tablée bordélique, la vie sans drame, sans tir de roquettes et sans couvre-feu.

Tu venais surtout me voir, moi. Enfin, je crois. Je ne dis pas ça pour me vanter, il y a toujours eu quelque chose de plus singulier entre nous, une sorte d'intérêt mutuel pour ce qui se passait dans la vie de l'autre. On avait envie de discuter, de tout, et parfois de rien, dans les deux cas, ça allait de soi, c'était facile, fluide. Je l'aimais, notre complicité, et je la chérissais, protégée par tous les obstacles qui nous séparaient d'une tentation amoureuse; j'étais en couple avec un homme que tu aimais bien, mon fils était adulte, et le tien, pas encore né. Nous nagions dans une impossibilité confortable qui nous laissait toute latitude de nous apprécier. La géographie de nos vies faisait aussi en sorte de nous épargner les tentations d'une trop grande fréquentation quotidienne; j'étais une Pénélope, ancrée dans un seul lieu, gardienne du feu et d'une légendaire recette de farce pour la dinde de Noël, et toi, un Ulysse intrépide, gambadant par monts et par vaux, cédant dans l'allégresse aux chants des sirènes, toutes plus amoureuses de toi les unes que les autres, un Ulysse qui revenait livrer son butin d'histoires comme un chat dépose sa mésange, en offrande, pour faire plaisir à une Pénélope qui tissait trop et ne prenait pas assez la mer.

Je les aimais, tes histoires. Mais j'aimais encore plus que tu profites de ces moments où nous étions seuls tous les deux, dans ma cuisine, toi arrivé plus tôt en feignant de te méprendre sur l'heure de convocation, moi ayant déjà enfilé une jolie robe parce que je savais que tu serais en avance pour me les raconter. Tu m'offrais alors tes récits comme d'autres offrent des fleurs, ou des perles, parce que tu savais que ça me faisait plaisir. Et aussi parce qu'au passage tu me donnais parfois accès à la brèche qui menait vers ton cœur.

Tu parlais volontiers des incidents cocasses de tes reportages, tu jouais à Tintin en Irak, tu dédramatisais. J'ai toujours pensé que j'étais un sas de décompression pour toi, que chez nous, dans ma maison bordélique et chaude, dans le creux de ma cuisine, tu pouvais apprivoiser le normal, refaire quelque semblant de vie «comme les autres» en attendant d'être à nouveau happé par l'appel de l'aventure.

Parfois tu laissais tomber un mot, une image, un silence. Que tu balayais d'une boutade, vite, vite, échapper au vertige, comme si ce n'était pas grave.

Je savais que c'était grave. Je savais que tu avais besoin de prétendre que ça ne l'était pas. Que cette légèreté t'était essentielle pour continuer.

Parfois tu t'emportais. Contre le confort et l'indifférence d'une société qui se satisfaisait d'une piscine hors terre, ou alors contre les lourdeurs administratives imposées par tes patrons, ces fonctionnaires qui ne quittaient jamais leurs chaises ergonomiques couvertes de cuir souple, dans d'immenses bureaux au pied carré exorbitant, au gaspillage incessant, tout en haut des tours. Tu ne t'étonnais jamais que les terroristes veuillent les faire tomber, ces tours, tu t'étonnais seulement que ça n'arrive pas plus souvent. Tu faisais tout pour éviter tes patrons, cette haute direction toujours prompte à récolter les honneurs dans les galas et à se cacher sous les tables à la moindre alerte, et tu les trouvais plus pénibles qu'un barrage d'enfants soldats crinqués à l'alcool de contrebande et armés jusqu'aux dents.

Je crois qu'une fois ou deux tu nous as fait une sortie sur l'importance de l'information, sur le désastre qu'était l'ONU, sur ce foutu métier de journaliste de terrain que plus personne ne voulait financer. Sauf la BBC, légendaire institution à laquelle tu étais si fier d'appartenir malgré sa haute direction sclérosée, toi, le petit Anglo white trash de McMasterville la prolétaire. Tu retrouvais alors ton sourire de gamin émerveillé d'avoir été choisi entre tous pour grimper sur les genoux de Monica Bellucci. Tes femmes, tu les aimais italiennes et somptueuses, toutes en courbes, enjolivées de dentelles et fauves, bien fauves. Qu'est-ce que tu pouvais bien me trouver, moi qui suis à l'opposé de tes ténébreuses égéries à la poitrine généreuse ? Je ne sais pas. Je n'ai pas cherché à savoir non plus.

Combien de fois étais-tu venu à la maison, la chemise froissée, l'œil cerné et le sourire goguenard ? Mille fois. Tu étais notre ami. Et puis Laurent m'a quittée. Et tout a foutu le camp.

— Café, thé ?

— Rien, merci.

Je ne voulais pas boire, je ne voulais pas manger, je te voulais, toi ! Et cet avion qui n'en finissait plus de ne pas arriver, suspendu à trente-trois mille pieds au-dessus de l'Atlantique. J'ai remercié l'agent de bord. Il était mignon, surpris par mon refus – les gens en veulent toujours plus pour leur argent – et encore plus par mon sourire radieux à son endroit. Ça ne devait pas lui arriver souvent de recevoir le sourire à mille piasses de quelqu'un qui ne voulait rien.

Je n'ai pas vu passer le reste du vol, possédée par des vagues de chaleur chaque fois que je pensais à toi, que je fermais les yeux pour mieux voir ton visage – même pas beau sauf pour la lueur, féroce, de ton désir pour moi –, que je chuchotais ton nom, comme une offrande, une destination lointaine, une dernière supplication avant l'orgasme.

Matt. Matt Lewis.

Tu ne perdais rien pour attendre.

J'avais essayé de travailler dans l'avion. Un texte à livrer, en retard, une commande pour un discours; celui d'un chef d'entreprise à ses cadres, discours censé les motiver à faire mieux afin d'éviter la faillite de l'entreprise ou sa délocalisation au Mexique. C'était mon pain et mon beurre, les discours et les allocutions. J'étais la championne pour faire briller les autres, surtout quand je les admirais, ce qui était le cas de presque tous mes clients. Eux, ils avaient le pouvoir et l'argent, moi, j'avais le pouvoir de trouver les mots sur mesure qui les feraient paraître encore plus brillants, visionnaires, et toujours à portée d'émotion. Dans le monde des affaires, désespérément en manque de cautions morales, faire reluire l'humanisme, c'était ma spécialité. En dernier recours, devant le pire des sociopathes à la tête d'une entreprise en mal de croissance, c'est moi qu'on appelait: situation désespérée, stop, au secours, stop.

On me demandait tout le temps comment j'arrivais à écrire pour «ces gens-là». C'était demandé sur le ton hautain de celui qui ne s'abaisse pas à donner son précieux talent à des brutes lapidaires du capitalisme sauvage. Je ne savais jamais quoi répondre, probablement parce que ça ne me passait pas par la tête que je puisse avoir du talent, encore moins qu'il soit précieux.

J'en étais venue à éprouver une empathie sincère pour les pauvres criminalistes qui doivent sans cesse justifier leur défense des assassins d'enfants.

Je me souviens de cette femme chef d'entreprise, un monstre de destruction massive envers les autres femmes, qu'elle ne pouvait s'empêcher de démolir dès qu'elle sentait sa lumière menacée. Tout de sa personne, clinquante et vulgaire, me répugnait.

Elle devait parler de l'importance de l'intégration de femmes issues de l'immigration, presque toujours pauvres et sans éducation, sur le marché du travail. Il fallait convaincre l'auditoire, composé de gens d'affaires et de chefs d'entreprise, d'engager plus de ces femmes. J'étais la septième speech writer à qui on demandait de faire le boulot, tous les autres avaient refusé.

J'avais trouvé les mots.

Du haut de sa belle voix grave, qu'elle utilisait habituellement pour critiquer, humilier et insulter, elle avait livré son discours. On m'avait rapporté que sa gorge s'était nouée à un moment précis, celui où j'avais su enligner sujet, verbe et complément de façon à ce qu'elle se fasse prendre à mon jeu.

Je connais la nature des narcissiques et je ne me fais aucune illusion ; son émotion n'était pas de l'empathie, mais de l'émerveillement devant le son de sa propre voix qui prononçait des paroles capables de faire vibrer un auditoire, essentiellement composé de gens de sa race : les winners.

J'adorais ces contrats où mon rôle de femme invisible était de faire briller les autres. J'arrivais, en mercenaire du mot qui soulève la foi et fabrique les illusions, je crachais un truc inspiré, mon « acteur » faisait un carton, j'encaissais le chèque et je quittais la scène de crime sans laisser de traces.

Saine et sauve, en cavale.

Ça m'évitait de penser aux romans que j'écrivais et qui n'étaient lus par personne. Enfin, ils soulevaient juste assez d'enthousiasme pour m'encourager à en écrire un autre, mais pas assez pour me permettre de gagner ma vie.

Quelqu'un, un jour, dans un journal sérieux, avait qualifié mes romans d'« écriture de l'intime », sous-entendant que ça relevait du journal personnel qui n'aurait jamais dû être publié, que ces histoires de bonnes femmes, ça n'allait intéresser personne. Une littérature féminine, *forcément de second ordre*, aurait dit mon père.

Cher papa.

Je n'y pouvais rien, chaque fois que j'avais envie de raconter une histoire, c'était celle d'une femme.

Mes héroïnes n'étaient jamais puissantes, ni surdouées, ni charismatiques. Elles étaient de ces femmes faciles à bousculer quand on est pressé, de celles qui ne suscitent pas le désir de s'attarder pour qui ne possède pas le goût de la délicatesse, de celles qui ne font jamais vibrer un auditoire avec leur grand humanisme, créé de toutes pièces par une speech writer de l'ombre.

Mes femmes étaient la moitié obscure de l'humanité, celle qui ouvre les cuisses pour accueillir les soldats éreintés, et qui les ouvre encore pour délivrer des hordes de bébés phoques. J'aimais leur mystère, ce qu'elles cachaient au reste du monde, comme un trésor enfoui au fond des mers. Les écrire me donnait le sentiment d'être un plongeur qui les ramène à la surface, à la lumière.

J'étais une écrivaine de l'invisible, ni pute, ni victime, ni provocante, bien à l'abri des ténèbres bienfaisantes. Ça ne m'avait jamais gênée. La tige de métal dans ma mâchoire, mes côtes fracturées, mon enfance défoncée, tout des débuts de ma vie m'avait poussée à chercher l'ombre, à vouloir l'avantage stratégique de celle qui voit plutôt que d'être vue. Dans le noir, on ne s'expose pas aux attaques et une femme invisible détient tous les pouvoirs ; elle va où elle veut, quand elle veut, elle n'a de comptes à rendre à personne, et elle sait, elle voit, avant tout le monde, ce que les autres ne savent, ne voient pas.

Knowledge is power, qu'ils disent.

On se croit en sécurité.

On ne l'est pas.

Alors, pour le dernier chapitre, j'avais envie de désir bandé à s'en faire péter le cœur et à s'en exploser la peau. La tendresse molle, le comfort food, j'avais assez donné, merci. Pour une fois dans ma vie, j'avais envie d'être aimée pour mon cul. Et toi, l'homme de toutes les guerres, tu saurais y faire.

À travers le hublot du Boeing, la nuit cédait la place au jour.

L'agent de bord s'est penché vers moi pour ramasser mes déchets. Je n'en avais pas. Il m'a souri, un peu cerné.

— Vous avez besoin de quelque chose ?

— Non, tout va bien.

J'ai relevé le store de vinyle blanc. Je traversais la nuit transatlantique, fuyant l'obscurité, et pourchassant la clarté. Exposée, toute nue, dans la lumière.

J'arrive, Matt, j'arrive.

Le coffre de la voiture s'est ouvert, d'un coup, le faisant sursauter. Il s'était endormi, bercé par le roulement de la voiture. Dehors, nuit noire. Pas une étoile. Juste le visage blanc de Cédric, illuminé par la lampe de poche. Le froid l'a saisi.

— On est arrivés, merdeux.

C'est comme ça qu'ils s'appelaient entre eux, depuis qu'ils étaient tout petits. Merdeux. Pas Malik, pas Cédric. Merdeux. Ça les faisait rire. Ça les faisait d'autant plus rire que ça ne faisait pas rire leurs mères. Elles étaient épuisantes avec leurs récriminations incessantes, leur inquiétude, leur obsession à les vouloir en sécurité.

Fallait pas se laisser mener par des meufs, disait Cédric. T'es pas un homme si tu fais ça, t'es pas un soldat, nous, on est des soldats, on va leur montrer de quoi on est capables, de tout, du pire, ils seront obligés de nous respecter, ils seront obligés *d'obéir*.

Ils, c'était tous ceux qui contrariaient leurs désirs, qui les rejetaient ou qui les ignoraient, un magma de granit sur lequel les deux garçons s'éraflaient, jusqu'à faire couler le sang.

Les deux garçons se montraient leurs plaies, se montaient la bile, jusqu'à la gorge, jusqu'à l'envie de tuer. C'était facile, surtout pour Cédric, qui portait la haine en lui depuis si longtemps qu'elle transperçait sa peau de cratères rouges et purulents. C'était toujours la faute de sa mère, qui avait fait fuir son père avec ses revendications féministes, et ses caprices de femme qui trahissait ses racines pour se soumettre aux dictatures de l'Occident, si prompte à humilier les hommes. Jamais il ne laisserait une femme, même sa propre mère, lui dicter sa conduite, il était maître de son destin. Malik opinait de la tête, et il essayait de ne pas penser à sa propre mère. De l'effacer complètement de sa pensée.

Il n'y arrivait pas toujours.

Malik s'est extirpé du coffre de la voiture. Il a déplié son corps endolori, pissé dans le talus et enfilé son blouson. Ça caillait solide. Il a essayé de se repérer, en vain, il n'y avait que du brouillard, et le néon d'une station-service au loin.

— C'est ça, Mouchin ?

— Ouais.

Un bled perdu sur la frontière belge. Rien à faire, rien à voir, un trou à rat, pourri par l'humidité. Le plan était de passer la frontière sans laisser de traces, de façon à brouiller les pistes. Après, les passeurs s'occuperaient de lui faire descendre le chemin inverse des migrants : Allemagne, Autriche, Croatie, Serbie, Grèce, et enfin la Turquie, qu'il faudrait traverser jusqu'aux portes de la Syrie, où son père l'attendait.

— Je ne vois pas le pont.

— Attends, je te montre, viens voir.

Cédric a ouvert son téléphone, et ils se sont penchés sur l'écran lumineux, leurs têtes se touchant presque. Le pont était à cinq cents mètres. Le pont de la Libération. Dans une autre guerre, lors d'un autre automne, un soldat américain l'avait traversé, les premières bottes alliées à fouler la Belgique occupée, précédant les régiments qui allaient libérer La Glanerie, Rumes, Taintignies. *D'autres soldats ont franchi ce pont avant moi*, se répétait Malik. Il n'y avait qu'à le traverser pour être en Wallonie.

Malik a senti son ventre se crisper. Il n'aurait pas dû manger le sandwich. Tout à coup, saisi par les mille tentacules de l'humidité glaciale, il avait envie d'être au chaud dans son lit, entre ses draps qui sentaient l'assouplisseur à la lavande.

Ne pas penser à sa mère. Ne pas.

— Eh, tu te dégonfles pas.

— Mais non, t'es con.

Devant le regard inquisiteur de Cédric, Malik a redressé les épaules. Il serait accueilli à bras ouverts, célébré, il se battrait du côté des libérateurs de peuple.

— Je viens te rejoindre dès que je peux.

À l'origine, ils devaient partir ensemble. Le plan avait déraillé. Cédric, encore mineur, avait besoin de la signature de sa mère pour son passeport, et elle refusait de signer. «C'est sa faute, avait dit Cédric, à cause d'elle, je dois attendre d'avoir d'autres papiers, mais ne t'inquiète pas, je viens te rejoindre, et après nous serons ensemble comme des frères, avec les autres. »

— Allez, vaut mieux ne pas trop traîner, a dit Cédric.

Malik a senti la nervosité dans la voix de son copain. Quelque chose de nouveau, une tension. Tiens, Cédric avait la trouille. Mais de quoi ? Que je ne parte pas, lui chuchotait son instinct. Il compte sur moi pour lui donner l'exemple par mon courage, je ne dois pas le décevoir.

Malik a ramassé son sac dans le coffre de la voiture, et il a étreint le corps maigre de son ami. Cédric puait, une odeur aigre de sueur qui imprégnait tout. Ils se sont défaits l'un de l'autre en hâte, redoutant l'émotion plus que la mort.

— Tu sais ce que tu as à faire ? a demandé Cédric. Tu as l'adresse ?

— T'inquiète pas, j'ai tout. À très vite… ?

— C'est promis, a juré l'autre en baissant les yeux. Promis.

Malik s'est dirigé vers le pont. Tout seul. À travers les nappes de brouillard, il a entendu le moteur de la voiture se mettre en marche. Il s'est mis à chanter, tout bas, juste assez pour ne plus entendre le crissement des roues sur le gravier, le son feutré de sa vie qui s'éloignait.

« Elle a soufflé comme le vent fort, elle a jailli comme une flamme lumineuse, elle s'est envolée comme un faucon fier. »

Quelques mètres plus tard, Malik Nicolas Krouch, fils de Berbère kabyle et de fille d'Armor, entrait en Belgique pour rejoindre le djihad. Il avait dix-sept ans.

L'avion s'est posé sur le tarmac de Bruxelles-Zaventem, heurtant le sol, sa puissance freinée de toutes ses forces, comme un amour contraint. Il ne s'était pas désintégré dans le ciel malgré l'alerte maximale, aussi rouge que mon envie de toi. Pas une seule turbulence.

Les moteurs se sont éteints, épuisés. Leur grondement a fait place au bruissement des passagers, tous pressés de quitter la carcasse métallique, et déjà pleins d'ingratitude pour cette merveille d'ingénierie qui les avait menés à destination.

Sains et saufs.

On croit que la vie nous est acquise. Qu'on peut la maltraiter, l'ignorer, la négliger, la laisser sur le bord du chemin comme une chienne qu'on abandonne, comme une femme à qui on ne fait plus de compliments. On sort d'un oiseau de métal qui pèse des tonnes, qui a réussi à prendre le ciel, à traverser l'Atlantique, à se poser sans se fracasser, et on ne dit pas merci, non, on grogne, maussades, parce que la dame sardine devant nous a du mal à sortir du piège de son banc.

On est cons.

Moi, ma seule impatience, c'était toi. Te voir t'avancer vers moi, glisser mes mains sous ta chemise, juste là où la peau est douce, à la tombée du dos.

Dans la grise Belgique, le va-et-vient des fuselages qui attendaient de pouvoir vomir leur flot de passagers harassés me semblait interminable. Je voulais descendre. Je voulais courir. Je voulais nicher mon visage dans le creux de ton cou. Matt. Enfin.

J'ai vu mes premières mitraillettes dès la sortie de l'avion, au moment même où j'ai posé le pied en sol belge. Elles étaient partout, alanguies sur les hanches des soldats, des serpents prêts à darder à la moindre provocation. Peu importe où je posais les yeux, Zaventem se pavanait en vert camouflage, botté de cuir fraîchement astiqué et rasé de près.

Passeport, carte d'embarquement, formulaire, j'ai déposé le tout sur le comptoir du douanier et j'ai levé les yeux. Il était très beau, un de ces hommes au parfum d'enfant, un regard clair à la Gabin, des sourcils si blonds que, n'eût été leur abondance désordonnée, ils auraient été invisibles. D'une jeunesse éclatante, on voyait tout de suite qu'il ferait un beau vieux.

Il m'a souri, un sourire éblouissant, neuf, épargné par les nouvelles, par l'ambiance, par le plomb des attentats.

Et j'ai compris : malgré les mitraillettes, la Belgique s'efforçait de faire bonne impression.

C'est important, pour un pays, de faire bonne impression, de réconforter les visiteurs. Vous croyez que vous venez visiter des monuments, voir des œuvres d'art, admirer des paysages grandioses, mais non, pas du tout, vous êtes en quête d'un nouveau miroir, épargné par les échecs et les deuils de la terre que vous avez laissée derrière. Alors, pour peu qu'un douanier vous sourie comme si vous étiez la huitième merveille du monde et c'est le pays tout entier qui s'illumine, qui laisse sur vous cette impression d'y avoir été heureux.

Ce n'est pas rien.

«Arrive ici comme une terroriste», m'avais-tu écrit, Matt. J'avais beau essayer de me la jouer danger public, devant le sourire éblouissant de Gabin, c'était plus fort que moi, je fondais, pas guerrière kamikaze pour deux cennes et quart. J'y ai vu un bon augure, une promesse. Dans une semaine, je reviendrais grosse d'amour, gavée de sexe, pleine de toi. Mourir, je voulais bien, mais avant, j'avais un buffet à dévaliser.

J'ai pénétré en territoire belge sans attaquer qui que ce soit, surprise d'entendre claquer mes talons sur le linoléum de Zaventem.

J'étais là, du sang plein les veines, des images plein la tête. Vivante.

Matt n'était pas venu me chercher à ma descente de l'avion.

Il m'avait dit : « Je viendrai te chercher au train, on prendra le tramway, le métro ou on marchera. » J'avais dit d'accord, je suis une fille conciliante, pas une princesse qui a besoin d'être torchée, escortée, bichonnée.

Ça tombait bien, Matt n'avait jamais eu de talent pour les petites attentions, lui, c'était les grosses : prends l'avion, vite, maintenant.

N'empêche.

Il y avait vingt minutes de train entre Zaventem et Bruxelles-Midi. C'est rien, vingt minutes, c'est rien. Je me répétais ça en boucle, pour me convaincre que c'était rien. Que ce n'était pas nécessaire qu'il m'attende à ma sortie des douanes, ni qu'on se la joue « un homme et une femme » en cinémascope noir et blanc. Il n'était pas question que ce soit une histoire d'amour, alors les bras ouverts, chabadabada et l'étreinte fougueuse, ce serait pas pour moi.

Pas pour nous.

J'avais éjecté la cassette Labadie, exaspérée ; j'étais pas une gamine après tout. J'étais une adulte, parfaitement capable de faire vingt minutes de train toute seule, surqualifiée de l'autonomie. Au fond, c'était un compliment qu'il me faisait en m'accueillant dans la confrérie des nomades qui n'ont besoin de personne.

Je m'étais perdue dans Beyrouth la mitraillée, j'avais arpenté seule les rues poussiéreuses de Yaoundé, je m'étais fourvoyée, encore seule, dans Santiago en état de crise. Encore et toujours seule. Alors ?

Alors rien.

Sauf une sensation de plomb, un tout petit plomb, une balle de revolver, dans l'estomac, une déception : il n'était pas venu me chercher à ma sortie de l'avion.

Est-ce que j'aurais dû, déjà, prendre le large ? Si j'avais écouté mon instinct, oui. Mais pour nous, les filles, il y a toujours cette satanée tyrannie de ne pas décevoir, d'être fines, douces, *accommodantes,* qui nous bousille l'instinct.

Alors j'ai pris un billet, en demandant Bruxelles-Midi.

Dans le train, il y avait d'autres voyageurs. Des hommes en complets, des femmes en jupes droites, des valises boursouflées – étaient-elles toutes remplies de dentelles à déchirer elles aussi ? – et des paquets qui sentaient le saucisson, comme au temps de la guerre.

Les fesses posées sur la banquette de moleskine, je sentais les lents soubresauts des rails, le cliquetis des changements de rame, l'humidité presque tiède de la Belgique en novembre, ce mélange d'histoire et ce parfum de poussière, de pain et de fleurs, unique au vieux continent. L'Europe... comme elle m'avait manqué ! Entre elle et moi, il y avait une sorte de chimie organique qui ne me demandait aucun effort, et qui me donnait l'impression d'être tout de suite plus belle, plus intelligente, enfin parmi les miens.

Sur le shuffle de mon iPod, Ane Brun & The Avener, *To Let Myself Go*.

It's the only way of being.

De l'autre wagon, un homme est entré, sa valise à la main. Il portait un costume gris, une chemise blanche, une cravate rose, de ce rose très pâle des trémières, et un paletot anthracite. Il arborait cette élégance des hommes qui cherchent à offrir plus qu'à prendre. Sous ses cheveux noirs et lustrés, de profonds cernes soulignaient la gravité de ses yeux foncés, mais ce qui attirait l'attention, c'était ses lèvres charnues, d'une sensualité qui contrastait avec la sévérité de son costume, une bouche faite pour s'emparer de celle d'une femme qui ne demandait que ça. Il était beau, fébrile, et épuisé.

Un homme en crise.

Il a pris place sur la banquette en face de moi, une longue main blanche posée sur la poignée de sa valise noire, comme s'il craignait qu'un bandit de grand chemin s'empare de ce qui restait de sa vie.

Peut-être que c'était le cas.

Il y a des hommes qui partent, et il y a des hommes qui se font mettre dehors. À quel clan appartenait-il, cet homme en gris ? J'espérais pour lui qu'il était de ceux qui se lèvent et qui partent ; les coupures franches sont brutales, mais ça vaut mieux que la gangrène d'une lente déchirure qui empoisonne la plaie. Qui abandonnait-il derrière ? Une femme éperdue, qui l'aimait encore ? Une de celles qui paradent leur mari sans jamais l'aimer ?

Et puis, il y avait les enfants. Dans les ruptures, il faut s'en souvenir, il y a parfois les enfants.

La première fois où je ne suis pas morte, c'est quand mon père est parti. Mis à la porte de sa propre maison par ma mère, qui ne pensait qu'à y faire entrer son amant.

Je me souviens de cette aube, c'était au printemps ou peut-être bien à la frontière de l'été, quand les matins sont encore frissonnants. Je me souviens de mes pieds nus dans la cuisine, j'avais froid, mais je ne voulais pas remonter jusqu'à ma chambre chercher des pantoufles et une veste, je ne voulais pas perdre les dernières précieuses minutes avec lui…

Mon père.

Il se tenait devant moi, appuyé sur le frigidaire, sa petite valise d'alcoolique posée à ses pieds, de ces valises carrées en carton bouilli, qui devait contenir, au plus, trois chemises, deux caleçons et une cravate. J'ai voulu lui donner quelque chose, un lapin en laine bleue et blanche, il a refusé mon offrande et j'ai su qu'il partait pour de bon, et qu'il ne reviendrait jamais me chercher.

Il s'en est allé avec un bout de sa vie dans cette valise de carton bouilli. J'ai laissé l'essentiel de moi dans cette cuisine, sur ce plancher froid, dans cette lumière blanche de mai. Ou peut-être était-ce en juin.

Peut-être que mon père aussi était monté dans un train, et qu'il s'était assis en face d'une inconnue, la main agrippée à la poignée de sa valise. Est-ce qu'il avait pensé à moi, qu'il ne pouvait pas, ou ne voulait pas emmener avec lui, dans sa vie éthylique et malmenée par la peine, l'abandon et cette incapacité qu'il avait à exprimer les tourments qui l'habitaient? Savait-il qu'il me laissait aux mains des ogres?

Je ne sais pas. Les hommes partent et ne disent rien.

Le ciel de Belgique était gris, chargé d'eau, traversé de fines éclaircies, délicates et tendres. C'était bon d'être chez soi, la guitare de The Avener dans mes oreilles.

Never knew how lost I was until I found you.

En face de moi, l'homme à la valise me regardait. Son sourire a illuminé son visage, traçant un delta de fines rides autour de ses yeux noirs. J'ai retiré mes écouteurs.

— Vous allez rejoindre quelqu'un, m'a-t-il dit.

— Comment le savez-vous?

— Vous souriez depuis tout à l'heure.

Je souriais? Ça ne m'était pas arrivé depuis si longtemps.

— Vous aussi, vous souriez.

— Oui. Enfin.

J'ai désigné sa valise d'un geste.

— C'est elle qui vous a mis dehors?

— Si on veut… Pendant si longtemps, je n'ai pas eu le courage de partir, à la fin, elle m'a presque supplié de le faire.

Oui. Souvent les femmes ont du courage pour deux. Ça use.

— J'ai été lâche. Petit. J'avais peur.

— De quoi?

— De tout. De faire du mal, d'affronter l'inconnu, d'être obligé de faire mieux que ce que j'avais fait jusqu'à maintenant… J'ai attendu, j'ai laissé traîner, j'ai espéré que ça passerait, que je pourrais revenir à l'ordinaire, j'ai été moche avec tout le monde, et j'ai fait du mal partout. Et puis, j'ai eu peur, non, pas peur, très très peur, de passer à côté de l'extraordinaire.

En une seconde, mon cœur a pesé mille tonnes. J'avais été l'ordinaire qu'on quitte pour une extraordinaire. Comment ne pas penser que je ne serais peut-être jamais l'extraordinaire aux yeux d'un homme qui prendrait un train pour venir vers moi?

— Il y a quelqu'un d'autre ?

— Oui.

— Qu'est-ce qu'elle a de plus que celle que vous quittez ?

Il a eu l'air étonné que je lui pose la question. Et puis, sa belle main blanche a quitté la poignée noire de sa valise pour entrelacer de ses doigts ceux de l'autre main.

— J'ai cru pouvoir me passer d'elle, refermer la parenthèse, et reprendre ma vie là où je l'avais laissée.

— C'est son absence qui la rend merveilleuse… vous l'idéalisez.

Il a secoué la tête, sans ambiguïté.

— Non. Je ne crois pas que je l'idéalise. Quand je lui ai dit que je ne pouvais pas lui offrir ce qu'elle méritait, parce que je n'avais pas encore le courage de quitter mon mariage, elle m'a dit : «Je n'ai pas besoin que tu sois extraordinaire, j'ai besoin que tu sois bien. »

Le train a sursauté sur ses rails, quittant sa route d'acier et de fer pour bifurquer sur d'autres rails. À peine si nous avons été bousculés par ce changement de direction.

J'ai besoin que tu sois bien…

Je pouvais presque toucher le silence qui a suivi cet aveu. Celui d'une femme que je ne connaissais pas, pour cet homme inconnu qui se confiait à moi. Je le sentais encore stupéfait qu'on puisse lui vouloir tant de bien alors qu'il causait tant de peine. Il avait raison, c'était rare, et insolite, cette impulsion généreuse. Je le lui ai dit, et il a hoché la tête.

— Je n'avais jamais connu ça.

— Et… ?

— Je ne me suis pas battu pour elle.

Il semblait misérable, et je n'ai éprouvé aucune pitié. Il est bon que les hommes macèrent dans le fumier qu'ils épandent eux-mêmes, il en sort parfois une fleur qui rachète l'odeur.

— Elle a rencontré quelqu'un.

Of course. La peur de perdre ne suffit pas, encore fallait-il ravir l'autre à un rival.

— J'espère pouvoir la reconquérir, lui prouver qu'elle peut me faire confiance.

— Vous en serez digne, de sa confiance ?

L'homme aux cheveux noirs a regardé dehors, vers le ciel embrumé de larmes, comme ses yeux, dont il n'essayait même pas de cacher l'émotion.

— Je ne sais pas. Je veux essayer. Je veux croire que j'en suis capable. Elle en vaut la peine… et moi aussi, je crois.

Il avait chuchoté les derniers mots, comme si c'était nouveau pour lui de croire qu'il puisse valoir la peine de quelque chose d'heureux.

— Je vous souhaite qu'il ne soit pas trop tard.

Il a hoché la tête. Parfaitement conscient de l'étendue des dommages.

— J'aurais dû partir avant.

— Pour celle que vous aimez ?

— Non, pour moi. Et pour ma femme. J'aurais dû partir avant. Toutes ces années perdues…

Laurent pensait-il aux années perdues avec moi ? Se disait-il qu'il avait été lâche lui aussi ? Par la fenêtre du train, je voyais les immeubles beiges, des HLM, comme celui où j'avais vécu un jour en Bretagne, dans le Morbihan. Le train traversait Schaerbeek. À l'horizon, au-delà des toits plats, des antennes hérissées et des cages à poules, Molenbeek.

Le nid des djihadistes, avait décrété un expert international en terrorisme, le sourcil sentencieux, le verbe catégorique, et le nez poudré pour la télé. Il avait prononcé tous les mots attendus, utilisé le bon vocabulaire. C'était la faute au chômage, au désœuvrement, au racisme. L'Europe ne savait pas y faire avec ses nouveaux arrivants, elle n'arrivait pas à surmonter son attitude *coloniale*, avait-il ajouté, lui-même impérial. Devant lui, l'animatrice éblouie de tant de précieuses leçons de morale avait hoché la tête avec émotion. Oui, c'était la faute au racisme, voyez comme c'est vilain, le racisme, un bubon plein de pus, si commode pour la speakerine conscientisée et l'expert avisé.

Ce qui ne les avait pas empêchés de qualifier Molenbeek de « nid » toutes les trois secondes, comme s'il s'agissait d'une infestation de vermine qu'il fallait passer au lance-flammes.

Quelque part dans ces immeubles cages, des aigles avaient fait leur nid et ramenaient des proies encore vivantes à donner en pâture à leurs petits aiglons assoiffés de sang. Allahou akbar !

Du coup, j'étais arrivée à destination. Bruxelles-Midi, tout le monde descend. Mon voisin de banquette s'est levé, et il a eu un geste qui me bouleverse encore chaque fois que j'y pense : il s'est penché vers moi et il a replacé une mèche de mes cheveux – celle qui me tombe toujours dans les yeux, la rebelle – derrière mon oreille.

— Vous êtes très belle, je vous souhaite d'être heureuse avec lui.

Et il a empoigné sa valise pour descendre du train.

J'ai regardé l'homme à la valise disparaître dans la foule, du pas pressé des amoureux. Peut-être que c'était mon père. Va savoir.

Je me souviens de la lumière sur la place bruxelloise : toute en particules suspendues, grège et douce dans cet avant-midi qui ne demandait qu'à suivre son cours. Les voyageurs sortaient de la gare, leurs sacs à l'épaule, et pas une seule seconde je n'ai pensé que l'un d'eux pouvait y avoir mis une bombe. Si Bruxelles était un «nid» de terroristes, elle le cachait bien derrière ses allures paisibles de belle blonde un peu grasse qui se sait aimée.

Debout contre une colonne de marbre, j'attendais Matt. J'avais froid, et j'ai refermé ma veste. C'était bon, ce vent, après la moiteur de l'avion et l'humidité du train. C'était un vent qui me donnait l'impression d'être propre.

Je retarde le moment de raconter nos retrouvailles, tout à coup prise d'une pudeur qui me paralyse. C'est la loi des histoires singulières, de défier les codes, de semer l'inquiétude, de balayer les sentiments appris par cœur, et de tout balancer par-dessus bord, direct dans la gueule du chien qui attend sa pitance, juste à côté de la chaise haute du bébé.

Une miette à la fois.

Devant le ciel cendré de Bruxelles, j'ai senti l'émotion monter, brutale, ses crocs bien plantés dans ma chair. Dans un moment de folie, Matt m'avait dit : « Viens », et dans un moment de folie, j'étais venue. I bought the ticket, I was now about to take the ride. Trop tard pour réfléchir aux conséquences. En apesanteur. Je venais de lâcher la barre du trapèze où nous étions amis, je n'avais pas encore attrapé celle où on deviendrait des amants.

Je fixais la ligne des nuages, incapable de baisser les yeux. Je ne m'étais pas attachée, aucun harnais ne me retenait en zone de sécurité. S'il n'y avait pas de filet en bas, je ne voulais pas le savoir.

L'odeur du tabac brun qui brûle m'a ramenée à la réalité. De l'autre côté de la colonne, quelqu'un venait d'allumer une cigarette. Je voyais le sac à dos à ses pieds, chaussés de Converse noirs et blancs arborant le logo des Yankees, le Y et le N enlacés comme des amants sur la bande de la chaussure.

— T'inquiète, merdeux, je me suis pas défilé, je suis là, quoi.

Une voix douce, presque féminine, l'accent de Paris.

J'ai tourné la tête, vu un profil délicat, une tête racée aux cheveux noirs, drus, ébouriffés, quelques

poils de barbe au hasard sur une mâchoire juvénile. De côté, il ressemblait à l'amant que je venais
de laisser à Montréal, un jeune soudeur milanais,
qui sautait sur les oreillers de mon lit en criant:
« Les coussins, c'est la vie ! »

L'inconnu au tabac brun a plongé son regard
dans le mien, et il s'y est arrêté, surpris, comme
quand on voit quelqu'un qui ne devait pas être là.

Il avait parfaitement raison, je ne devais pas être
là. Il avait des yeux clairs, d'un turquoise dépoli,
tout en transparence et en opiniâtreté. Il avait dix-
sept ou dix-huit ans, il avait mille ans.

Il a quitté le français pour l'arabe. J'essayais
de saisir quelques mots au vol. En vain, il parlait trop vite, il parlait trop bas, et il grillait sa
cigarette jusqu'au filtre, avec l'ardeur d'un
marteau-piqueur.

J'ai eu envie de lui dire qu'il ne fallait pas
mettre cette saloperie de tabac dans sa gorge, dans
ses bronches. Je me suis retenue.

Il aurait pu être mon fils, il avait presque l'âge
du mien, mais je n'étais pas sa mère. Ses poumons échappaient à ma responsabilité, je ne les
avais pas fabriqués à force de nausées matinales,
de contractions nocturnes et de coups de pied
au ventre.

D'où venait-il, qui était-il, où allait-il ? Ces trois
questions, qui baptisaient l'ocre des corps tahi-
tiens sur fond d'indigo du célèbre tableau, étaient
mon jeu préféré. Paul Gauguin m'accompagnait
partout où j'allais, petit capucin curieux juché sur

mon épaule, grand inquisiteur de toutes ces vies inconnues.

Il venait de Paris, il aimait les Converse, fumait du tabac brun qui jaunirait très vite ses longs doigts fins aux ongles propres, épargnés par le dur de l'ouvrage, il parlait deux langues, s'inquiétait de mon regard sur lui, et je ne savais pas où il allait.

Plus tard, un jour, il me faudrait lui inventer une vie. Pour l'instant, mon imagination était tout entière occupée par Matt.

Le jeune homme a écrasé le mégot de sa cigarette contre la semelle de ses baskets, et il est parti, silhouette fugace déglinguée par la lourdeur de son sac qui lui déracinait l'épaule.

Je l'ai suivi des yeux jusqu'à ce qu'il disparaisse de l'image. Il y a des gens qui font une si forte impression qu'on sait très vite qu'ils seront gravés dans notre mémoire pour toujours.

Je me suis rendu compte à cet instant que je ne me souvenais pas de la première fois où j'avais vu Matt. Je crois que c'était en Martinique. J'ai un souvenir flou de ces vacances imbibées de rhum et de soleil. On était toujours heureux en vacances, Laurent et moi. On aimait l'océan tous les deux, on plongeait ensemble. Sous l'eau, j'avais une confiance aveugle en lui. C'est en surface qu'il y avait eu vice de forme.

Je n'avais pas dû te remarquer, Matt, ne m'en veux pas. C'était peut-être sur la plage de l'Anse à l'Âne, à cette heure divine où la lumière rend tout le monde beau.

C'est possible.

Je me souviens de ce petit bar près de la plage. Cinq bancs dépareillés devant un comptoir de bois, Carly Simon qui sortait d'un speaker défoncé, quelques bouteilles de rhum brun et vous deux, en maillots, bronzés comme des idiots, à fumer des cigares et à comparer vos histoires de guerre, Laurent comme caméraman, et toi comme journaliste.

Un de tes reportages venait d'être acheté par la BBC, et tu n'arrivais pas à ne pas exploser de fierté. Tu étais beau à voir dans ta joie d'avoir été recruté par la plus prestigieuse télévision du monde. Ce n'était pas de l'ego ni de la vantardise, c'était l'émerveillement d'être parmi les tiens ; ceux qui comprenaient ce que tu avais envie de faire et qui allaient t'encourager à faire mieux.

Je me souviens aussi que tu m'avais parlé de mon roman, le premier que je venais de publier. Tu en avais fait une lecture toute en finesse et en perspicacité. Le simple fait que tu m'aies lue m'avait étonnée. Mon livre était resté confidentiel et, il faut bien le dire, peu d'hommes lisent avec une telle attention les livres écrits par les femmes. Même Laurent, l'homme qui partageait ma vie, ne lisait pas mes livres. « Je n'ai pas le temps, me disait-il. Il me faut des vacances pour avoir le temps de lire. »

Nous étions en vacances, et il ne me lisait toujours pas. Je n'ai d'ailleurs pas souvenir d'avoir déjà vu Laurent lire autre chose que ses bouquins sur l'art de devenir millionnaire en sept leçons faciles, et autres biographies d'hommes ayant atteint les plus hauts sommets en portant un col roulé noir ou une chemise blanche ouverte jusqu'au nombril. Tout juste s'il me touchait, moi, alors toucher à un de mes livres, des romans où nul héros de la finance ne posait en couverture, c'était trop demander. Heureusement, notre félicité conjugale pouvait compter sur les bonbonnes d'oxygène et le silence des fonds marins.

Dans la chambre, le soir, Laurent avait eu une remarque sur les exploits professionnels de Matt. Il avait dit : « C'est facile pour lui. »

Dans sa voix, l'amertume. Palpable, corrosive. Pour Laurent, tout était ardu, et envier la réussite des autres était le seul sport qu'il pratiquait.

Combien d'années depuis la Martinique ? Je ne sais pas, je n'ai jamais compté. Il existe des photos, des images de nous encore relativement épargnées par l'angoisse et le temps qui passe.

Celle autour d'un feu de camp, toute floue et éclaboussée de petites flammes, où tu me tiens contre toi, Matt, comme un frère.

Ou peut-être pas tant que ça...

Sur les autres photos, il y avait Laura et Jean-Baptiste, Christian et son frère, et puis Chloé, Romy et plusieurs bouteilles de tequila. Laurent n'était pas là, je ne sais plus où il était, j'étais une blonde confiante, de celles qui ne surveillent pas les faits et gestes de l'autre. Laurent me répétait que c'était ce qu'il préférait de moi, mon indépendance ; je n'étais pas l'exécrable épouse qui laisse quinze messages de suite. Je faisais ma vie, j'avais confiance en lui.

Il en a bien profité.

Sur le parvis de la gare de Bruxelles-Midi, un Gitan est venu vers moi. Il voulait me vendre un téléphone, il voulait m'emmener dans sa voiture, il voulait que je le suive à l'hôtel.

Il insistait, lourd.

Je m'en foutais, légère.

— Je ne peux pas te suivre à l'hôtel, monsieur le Gitan, j'attends quelqu'un.

— On dit « Rom », m'a-t-il répondu, accusateur, je fais partie d'un peuple reconnu. Gitan, c'est péjoratif.

Harceler une fille aussi, c'est péjoratif, romanichel, tzigane ou manouche, laisse-moi tranquille.

— J'attends mon mari.

Je m'en voulais d'utiliser la carte du mari, tant pis, c'était plus simple, et je n'avais pas envie de laisser mon attente de Matt être gâchée par cet inconnu au regard de prédateur.

— Et tu sais ce qu'il fait ton mari pendant que tu es loin de lui ? Tu sais avec qui il baise ton mari pendant que tu l'attends comme une conne ?

Il m'a dardé ça au visage, son haleine d'ail et de tabac froid en bonus, une vipère qui crache son venin de mec à qui on dit non. Il avait visé le cœur, il avait visé juste. Non, je ne savais pas ce qu'il faisait, mon mari, loin de moi pendant toutes ces années, je venais tout juste de découvrir qu'il avait baisé Isabelle, mon amie Isabelle que j'adorais, chez nous, dans notre lit, dans notre vie. Combien d'autres filles dans notre lit, Laurent? Combien de fois m'avait-il menti? Qu'est-ce qui faisait le plus mal? Le flot de ses mensonges ou toutes les fois où, occupé à en baiser d'autres, il m'avait laissée me désintégrer petit à petit à coups de silence et d'absence d'amour, dans un lent dépérissement cruel? La première déchirure ouvre la porte à toutes les autres et, à la fin, il ne reste que des lambeaux.

Je ne voulais pas les connaître, ces détails, je ne voulais pas voir la dentelle de la toile infinie des mensonges de Laurent, scruter les dates, les lieux, le degré de plaisir éprouvé par lui dans toutes ces autres qui n'étaient pas moi.

Je voulais mourir, mais pas tout de suite, et surtout pas à cause de lui. Il y avait tant d'autres fois où je n'étais pas morte.

Je voulais vivre encore une fois. Dans les bras de Matt.

Alors toi, l'inconnu à l'odeur de tzatziki, je n'allais pas te suivre à l'hôtel pour découvrir l'ensemble de tes parfums.

— T'es raciste, c'est ça?

Raciste. L'accusation guillotine. Il n'y avait qu'une façon de se défendre:

— Oui, je suis raciste. Et je sais avec qui il baise mon mari quand je ne suis pas là : avec toutes mes amies, et avec ma sœur aussi. T'es content, t'as eu ta dose de vengeance sur tes humiliations ?

L'homme a reculé, saisi que je ne me défende pas. Il s'est éloigné, j'ai cru qu'il me laissait tranquille. Il s'est retourné, lâchant sa dernière salve.

— T'es même pas belle. T'es vieille !

La salve de plomb dans le ventre. Le sel qui coule et crevasse la peau. Arrête, je me disais, arrête, cesse de pleurer tout de suite, Matt va arriver, déjà que tu es vieille, déjà que tu es laide, il ne peut pas te trouver défaite et morveuse. T'as jamais pleuré quand tes côtes étaient défoncées à coups de pied, t'as jamais pleuré quand t'as perdu la petite, même Laurent, t'as pas pleuré, pourquoi tu pleures là là, pourquoi tu morves maintenant ? Cesse, je t'en prie, cesse.

Matt allait arriver d'un instant à l'autre et, tout à coup, je voulais un parachute, celui de la jeunesse et de la beauté, parce que je voulais vivre, je voulais aimer. Et être aimée.

Je retarde, je tergiverse, je recule devant le moment d'écrire nos retrouvailles. Pour les coups, j'ai toujours trouvé les mots.

Pour notre premier regard d'amants, je n'y arrive pas.

Elle l'attendait sur le parvis de la gare, sa valise à ses pieds. Il lui avait envoyé un texto : «Bouge pas, j'arrive», alors elle ne bougeait pas, appuyée contre une colonne de marbre, obéissante.

Derrière elle, couché à même le sol, et armé d'un ukulélé, un itinérant beuglait *Que je t'aime*. Ce n'était pas une déclaration d'amour, c'était une agression, et les trois chiens de l'homme, fins mélomanes à l'ouïe écorchée vive, gémissaient en chœur. Dans l'histoire de l'humanité, jamais une voix n'avait rendu hommage à Johnny Hallyday d'aussi atroce façon. Les voyageurs s'éloignaient en hâte, fuyant l'horreur. Personne ne lui donnait d'argent.

Sauf elle.

Elle avait ouvert son sac pour en sortir un billet. Pas une pièce de monnaie qui traînait au fond, un vrai billet de papier. Catherine tout entière était dans ce geste, dans ce billet tendu. Matt ne se rappelait pas combien de fois il lui avait dit que ça la perdrait, ce cœur qu'elle portait sans protection, morceau de viande crue au milieu des requins.

Il était sorti de la gare, et il l'avait vue, la main tendue vers l'homme couché. Un éclair d'or contre une colonne grise.

Catherine.

Elle était plus petite que dans son souvenir, toute menue dans sa robe noire. Vulnérable. La douceur de la lumière de cette fin d'avant-midi illuminait ses cheveux, c'était toujours sa crinière qu'il voyait en premier, une vraie blonde à la façon des épis de blé de Saint-Ex, à la fois or usé et ondulations échevelées. Il savait qu'elle se servait de cette tignasse fantasque pour se cacher, pour dissimuler son visage qui s'empourprait à rien, qui révélait chacun de ses émois, il la taquinait chaque fois : « Tu rougis, fille, tu rougis, tu es sûre que tu ne me caches rien ? »

Elle riait, incapable de feindre, et se cachait le visage dans les mains, à découvert. Il aimait ça d'elle, cette impossibilité de repli stratégique.

Lui, il en avait mille et un, des replis stratégiques. Et il en maîtrisait les codes et les rouages à la perfection. Il savait se pousser quand ça chauffait, se dissimuler quand on le devinait, attaquer quand il le fallait. Louvoyer en zones grises, c'était sa spécialité.

Longtemps, Matt Lewis avait été persuadé que ses talents pour la dissimulation et les terriers à renard ne lui apportaient que des avantages, la survie en étant un non négligeable. Depuis quelque temps, devant l'accumulation des impasses à répétition, il n'en était plus si sûr.

Il lui arrivait d'avoir envie de céder à l'impulsion de s'exposer totalement, de brûler tous ses ponts et de sortir au grand jour : « Voilà, c'est moi, burn baby, burn. »

Et puis, il se souvenait qu'il était fait de petit bois, que ses maigres réserves seraient brûlées en trois minutes top chrono, qu'il serait mort avant même d'avoir combattu. Non, tous les œufs dans le même panier, le grand brasier, ce n'était pas sa tasse de thé.

Il admirait les gens capables de grands feux, il leur était reconnaissant de lui permettre de se réchauffer à leur brasier sans se consumer lui-même, alors il les gardait près de lui, sans avoir à vider ses réserves.

Le meilleur des mondes.

Il partait en reportage au Yémen, en Bosnie ou à Goma, et là, dans ces terres de chaos, il se donnait sans retenue, sachant très bien qu'il compensait pour toutes les fois où il avait préservé ses arrières et déçu une des innombrables femmes qui avaient traversé sa vie.

Matt était un homme intelligent, parfaitement conscient de ses failles, de ses manques et de ses barrages qui ne cédaient jamais. Il savait que toutes ces protections étaient aussi les murs d'une prison et qu'un jour quelque chose devrait céder, faute de quoi il mourrait emmuré. Ça l'emmerdait d'être obligé de s'admettre que, côté cœur, il manquait de courage.

Avec Catherine, ce serait simple, ils s'étaient donné une semaine, une semaine de grand feu, et puis ils se quitteraient. Ils avaient une date de péremption, celle qui était inscrite sur son billet de retour à Montréal. Le grand confort.

En l'apercevant de dos, toute menue contre sa colonne de marbre, il s'était immobilisé, entre le désir et la peur.

C'était un moment parfait, unique, encore intact, et il voulait en profiter avant de le rompre. Il était resté là, à côté de l'itinérant aux chiens, et il avait eu envie de fumer une cigarette et de regarder Catherine encore un peu.

En retrait. En marge de la réalité. Immobile.

C'était ce qu'il faisait sur le terrain, quand il partait en reportage. «Pour bien agir, il faut avoir bien vu », c'était sa devise de journaliste. Et ça l'avait sauvé de plusieurs situations périlleuses. Il savait, d'instinct, s'immobiliser avant de bouger.

Et regarder.

Cette fois-ci, ce n'était ni seigneurs de guerre, ni enfants soldats, ni flics corrompus qu'il avait devant lui. C'était Catherine.

Catherine qui torchait un carbonara sans y penser, en t'accordant toute son attention, comme s'il n'y avait que toi au monde – et avec elle, il n'y avait que toi au monde –, qui déposait la poivrière devant ton nez avant même que tu la demandes, qui entortillait ses spaghettis dans sa fourchette, d'une main distraite, sans éclabousser, en plongeant ses grands yeux noirs dans les tiens, à travers le rubis d'un amarone.

Catherine qui écoutait, tête penchée, sans t'interrompre, sans donner son avis, ne t'offrant rien d'autre qu'un sourire en coin, plus éloquent que n'importe quelle remarque. Son maudit sourire de joker, indulgence et bouche en cœur, redoutable.

Il avait déjà voulu l'embrasser, ce sourire-là. Pour le faire taire, pour l'épanouir, il ne savait plus trop.

Catherine à qui il avait confié ses histoires de filles parce qu'elle ne posait pas de questions. Il lui en avait été si souvent reconnaissant, de ne pas les poser, ces questions. Ça lui avait permis de parler sans se sentir épié, mis au pied du mur. Il détestait être mis au pied du mur, ça le rendait méchant, et il savait qu'il était capable de l'être sans remords.

Catherine. La femme de Laurent.

You're probably with the wife of a close friend, wife of a close friend...

Il entendait encore la voix de Carly Simon dans ce petit bar de l'Anse à l'Âne. C'était la première fois où Matt avait eu envie de Catherine, où il avait eu envie qu'elle soit à lui. Il ne la trouvait même pas belle, enfin si, un peu, avec ses seins moulés dans sa camisole blanche, et son petit cul qui invitait le «Viens ici que je te prenne sur le comptoir de cuisine», mais c'était pas ça, pas sa beauté, qui l'attirait, c'était autre chose.

Une faille. Mille failles. Et cette attention qu'elle t'accordait, chatoyante et généreuse, il n'y avait qu'à se laisser glisser, qu'à être aimé.

Il n'y avait qu'à prendre.

Catherine était une forteresse en ruine qui avait connu tous les assauts et qui invitait quand même les soldats à l'amour, le pont-levis baissé, la réserve de munitions épuisée, déjà dévalisée.

Viens, guerrier, viens déposer les armes au pied de mon lit, viens te perdre dans mes draps, dans mes bras, ton souffle sur ma nuque au moment de jouir, viens, avec moi, tu verras, t'auras qu'à prendre, et rien à donner.

Facile à aimer, facile à meurtrir.

Cette fois-là, à la tombée du jour à l'Anse à l'Âne, elle s'était glissée entre lui et Laurent, debout contre le bar pour demander un rhum. Il avait respiré son parfum, eau de mer et crème solaire, et il avait dû retenir l'élan qu'il avait eu de la saisir par les hanches et de la prendre contre lui.

Ses fesses contre son ventre.

Elle avait baissé ses lunettes de soleil pour regarder Matt, et il avait deviné qu'elle se serait abandonnée contre lui.

Facile.

Laurent avait mis ses mains sur elle, distraitement, même pas pour se réapproprier sa femme, et Catherine avait aussitôt quitté le regard de Matt pour embrasser son homme, lui ébouriffant les cheveux. Elle l'aimait assez pour ne jamais vouloir lui infliger de chagrin, s'était dit Matt, ce n'est pas elle qu'elle protège, c'est lui.

En regardant Laurent vider son rhum, cul sec, Matt n'avait pu s'empêcher de penser que les femmes comme Catherine étaient de celles qui illuminent l'homme qu'elles aiment. Frileux, il aurait bien voulu profiter de quelques-uns de ces rayons, même s'il n'avait rien à lui offrir.

En cette fin de jour martiniquais, il s'était mis à pleuvoir, une pluie drue et chaude, qui fouettait les palmiers et liquéfiait la terre, emportant les moments de trouble dans ses torrents. Ils avaient bu, tous les trois, et ce soir-là, ils étaient devenus amis.

Matt avait été stupéfait quand il avait su que Laurent était parti, qu'il avait quitté Catherine. Il y aurait eu tant de raisons pour que ce soit Catherine qui rompe avec Laurent, tant de raisons qu'il lui était impossible de toutes les compter. Et pourtant, c'était Laurent qui était parti. Il avait été brutal, disposant de Catherine comme on se défait d'un chien qu'on abandonne sur le bord de la route, en montant le son de la radio pour ne pas l'entendre se faire frapper par un camion.

Aujourd'hui, la place était libre, et à quelques mètres devant lui, Catherine l'attendait, sa valise à ses pieds. Le vent soulevait une mèche blonde, découvrait son profil – ses traits s'étaient affinés depuis sa séparation, aiguisés par le chagrin –, et d'une main impatiente elle avait replacé la mèche derrière son oreille.

Elle était venue. Pour lui.

Incarnée, charnelle, ses cheveux fous dans la lumière du Nord, si près de lui qu'il pouvait presque sentir son parfum. Elle était là, dans cette vie qu'on qualifie de «vraie», à des années-lumière de leurs échanges virtuels, lubriques et joyeux, tout en humour et en désir. Dans la fièvre de leur correspondance, il avait écrit: «Je veux voir ton corps, tes seins, envoie-moi une photo.»

Elle avait dit: «Non, non, pas comme ça, tu verras quand je serai dans tes bras.»

Et puis, sans prévenir, elle avait tout balancé. Ses seins, son ventre, son sexe, bombé sous la dentelle. Elle avait tout envoyé, et, malgré l'Atlantique qui les séparait, il l'avait sentie rougir, se cacher derrière le Niagara blond de sa crinière. Il avait bandé, en instantané, devant chacune des images, l'imaginant à lui, pour lui, ouverte et chaude.

Catherine…

Au début, on sera timides, se répétait-il, au début, on sera timides, c'est normal, il faudra s'acclimater, on a été amis si longtemps, comment on fait ça, l'amour à une fille qu'on aime, comment on fait ça, l'amour ami, je ne sais pas, il faudra boire, du vin, du fort, il faudra faire comme si, comme avant, comme quand c'était simple et que le désir n'était pas sorti du placard avec sa force vengeresse. On ne sera pas tout de suite triple X, avait-il écrit, promis, promis, on discutera avant, de la Syrie, des attentats de Paris, de ce que tu veux, on ne se sautera pas dessus tout de suite,

promis, promis, et puis, tu te mettras à califourchon sur moi et tu diras : « Matt, tais-toi », et à
partir de là, je saurai quoi faire.

Promis.

Dans son imagination, c'était si simple. Si facile.

Mais devant sa silhouette menue qui lui tournait le dos, devant ses cheveux au vent, sa robe
qui accentuait sa taille fine, et ce puissant parfum
de fragilité dont il respirait chacun des arômes,
il avait envie de l'abandonner contre sa colonne
de marbre, toute seule avec son espoir de merde,
il avait envie de fuir.

Et de ne jamais revenir.

Avec d'autres, il l'aurait fait, sans remords. Il se
serait expliqué plus tard, ou peut-être pas. Il avait
l'habitude des femmes en colère contre lui, il avait
la couenne dure, et le delete alerte.

Sauf que c'était Catherine.

Dans la flambée de leurs échanges, il lui avait
promis tant de choses.

Il allait falloir livrer, maintenant.

— Salut.

Elle s'est retournée vers lui. Ils se sont souri, des yeux et des lèvres, comme chaque fois qu'ils se retrouvent.

Non, pas tout à fait comme chaque fois.

— J'avais oublié.

— Quoi donc ?

— Comme t'es grand.

— C'est toi qui es petite.

Ils ont hésité, valsé avec leur timidité, et se sont embrassés, sur les deux joues. Vite, vite. Elle l'a étreint, pour qu'il la garde contre lui. Il s'est détaché, embarrassé.

— Il y a longtemps que tu m'attends ?

— Je ne sais pas.

Elle avait du rimmel sur une joue. Une trace de larme qui s'étiolait, qui s'épivardait.

— Tu as eu froid ?

— Non.

— Tu as pleuré ?

— Non.

— Tu as du noir sur la joue. Plus bas.

Elle a mouillé son doigt, essuyé le noir, honteuse d'avoir oublié un bout de chagrin, il faut toujours effacer les preuves, sinon, les autres s'en servent contre vous.

— Tu as réussi à travailler dans l'avion ?

— Un peu.

Non, je n'ai rien foutu dans l'avion, je pensais à toi tout le temps, pourquoi tu ne me prends pas dans tes bras ?

— Et la douane ?

— Quoi la douane ?

— Ça a été long ?

— Je suis blanche.

Les autres, les basanés, les Salah et les Imen, les foulards et les Al quelque chose, eux, oui, ça a été long. Moi, non.

— Je suis tombée sur un jeune douanier, il m'a demandé pour quelle raison je venais à Bruxelles.

— Et tu as dit quoi ?

Que je suis ici pour t'aimer, pour être aimée de toi, et qu'on n'a que six jours alors si tu pouvais me prendre dans tes bras enfin, me serrer contre toi, me faire sentir que tu bandes à travers la toile de ton pantalon, ce serait très apprécié.

— Que j'étais ici pour le plaisir.

Le plaisir, ce mot chargé de tous les explosifs, dont le plus grand danger était encore le pétard mouillé. Ils se sont tus, ils ont évité de se regarder.

— Il y a des militaires partout dans l'aéroport.

Prends-moi dans tes bras, Matt. Serre-moi contre toi, je veux sentir ton ventre contre le mien, je veux sentir ton désir, je veux sentir que tu es content de me voir.

— Il y a des militaires partout en ville aussi. Tout le monde est sur les dents. Ils ont remonté le niveau d'alerte à 4, le niveau maximal.

— Ça veut dire qu'ils redoutent un autre attentat ?

Mais pourquoi on parle de ça ?! Qu'ils terrorisent, les terroristes, c'est tout ce qu'ils savent faire, c'est même pas intéressant, c'est juste la preuve de leur incompétence à aimer, viens, on va s'aimer, viens, on va les enterrer avec nos cris de jouissance et d'orgasmes à gogo, viens, viens.

— Ça veut dire qu'ils ont la certitude qu'il y a d'autres attentats en préparation.

Ne perdons pas de temps, Matt.

— Ils l'ont trouvé, celui qui est en fuite ?

— Non. Je suis allé au bureau de la BBC ce matin, la rumeur, c'est que ça peut être n'importe quoi, n'importe quand.

— Ici ?

— Ici. Dans le reste de l'Europe. Partout.

— Tu vas le couvrir ?

— Quoi, en attendant l'attentat, façon Godot ? Non. Les menaces, ça ne m'intéresse pas.

Oui, ça n'a jamais fonctionné avec toi, le chantage.

— Ça ne me dérange pas si tu veux travailler, tu sais.

— Je sais. Sauf que je ne couvre pas l'Europe, et ils ont déjà leurs correspondants habituels, en plus de leur armée de « spécialistes ».

Il y avait du sarcasme dans sa voix. Quelques gouttes de vinaigre sur le gras des frites. Joyeux de tout, dupe de rien. Comme tous les gens de terrain, Matt ne cachait pas sa méfiance pour les analystes de salon et autres théoriciens du drame humain. Les «spécialistes», il ne leur accordait qu'un crédit: celui de savoir se vendre au média le plus offrant.

Qu'est-ce qu'on fout à parler de la couverture média-tique du cirque de l'État islamique alors qu'on vient de se retrouver? Pas plus tard qu'hier, tu m'écrivais que mes seins seraient embrassés, léchés, caressés, les « seuls obus que tu aimes ».

— J'ai déjà une autre affectation, je repars en même temps que toi.

— Tu sais où?

— Syrie, Turquie… Mais peut-être le Pakistan, ou le Myanmar, je ne sais pas encore, ça dépend de mes rencontres de cette semaine, ça dépend de ce qui se passe. Je ne retourne pas en Somalie en tout cas.

L'Afrique.

Matt Lewis avait mis tous les continents dans son lit, mais c'était toujours vers l'Afrique qu'il retour-nait, aimanté à ses hanches. Lui qui détestait être possédé, il menait un combat féroce contre ce continent de terre rouge.

— Tu pourras pas résister, tu y retournes toujours.

— Pas cette fois. J'ai assez donné.

L'itinérant s'était assoupi, ses chiens collés contre lui, à la maison sous cette arche de pierre qui voyait passer des centaines de voyageurs tous les jours.

Matt, qu'est-ce que je fais ici ?

— Donne-moi ta valise.

— Ça va, je suis capable toute seule.

— Donne ta valise, je te dis.

Il s'est emparé de sa valise à roulettes sans attendre. Il y avait un petit singe en peluche, accroché à la poignée. Un gorille. Matt a lancé un regard goguenard à Catherine et elle s'est excusée, se justifiant.

— C'est le fabricant qui l'a mis là. C'est pour reconnaître ma valise sur le carrousel.

— Ils prennent vraiment les gens pour des incapables.

Catherine n'a pas osé lui dire qu'au milieu de l'océan de valises noires, elle avait été reconnaissante d'apercevoir King Kong qui trônait au sommet de son Empire State, plein de dentelles.

— Viens, on va prendre le tramway, ils ont fermé le métro, trop idéal pour une bombe.

Coincés sous terre, au milieu des flammes et des cadavres, enterrés vivant.

Catherine a levé les yeux vers le ciel. Elle ne voulait pas mourir sous la terre, elle voulait sentir le vent sur sa joue.

— Je peux payer le taxi.

Il s'est tourné vers elle, sec.

— Tu paies rien du tout, on prend pas de taxi. C'est déjà l'enfer, circuler en voiture à Bruxelles, avec les mesures de sécurité et la police partout, c'est encore pire. On prend le tramway.

Ils sont montés dans le tramway, et il a payé pour elle. Catherine a dit « merci » et Matt a secoué la tête avec impatience : « Arrête, c'est un ticket de tram, pas une place en première sur le Concorde. »

Il s'est dirigé d'office vers le fond du wagon, là où il y avait des sièges libres, et il est resté debout, prêt à se sauver au moindre signe de danger.

T'inquiète, je te toucherai pas.

Catherine s'est accrochée à la barre, déstabilisée par le roulement du tramway sur les rails, par l'attitude de Matt. Elle ne savait pas où se mettre. Elle aurait voulu sauter du tramway en marche, et s'enfuir. Le plus loin possible.

Mais sa valise était coincée entre les jambes de Matt. Sa valise, lourde de dentelles et de robes à trousser, avec King Kong qui veillait au grain.

Il arrive d'un royaume où les cadavres pourrissent dans des containers de métal, Catherine. Pense à lui. Laisse-lui le temps.

Un rayon de soleil a traversé le gris du ciel, illuminant l'intérieur du wagon. Dehors, c'est tout Bruxelles qui se dorait. Catherine a mis ses lunettes de soleil, soulagée de pouvoir cacher ses yeux, et Matt lui a souri.

— Hey, on est en vacances.

Elle lui a répondu d'un sourire qui lui avait demandé de puiser dans ses réserves de forces. Elle s'est détournée de lui pour faire face au dehors, à la rue, à la liberté, et elle s'est détendue enfin, charmée par la délicatesse de la lumière du midi sur les pierres des maisons, les larges avenues, les vitrines bohèmes chics d'Ixelles. À l'arrêt de l'avenue Louise, Matt s'est empressé de dévaler les marches du tramway, soulevant la lourde valise comme si elle ne pesait rien, sans regarder si Catherine le suivait. Elle le suivait.

Ils ont marché ensemble, à des années-lumière l'un de l'autre, sans se toucher. Des étrangers.

Il s'est arrêté devant une haute porte de bois, peinte en bleu ciel, et il a poussé la clé dans une serrure de laiton à l'ancienne.

— Tu vas voir, c'est un bel appartement.

Il est entré avant elle, en bloquant la porte avec son pied pour la laisser passer. Catherine a eu le temps de sentir le souffle urgent d'une voiture de police qui passait derrière elle, illuminée de bleu, toute sirène dehors.

La porte s'est refermée sur eux.

La porte du pavillon s'est refermée sur Malik. Molenbeek-Saint-Jean. À l'intérieur, ça sentait la pizza, la cigarette et le désinfectant. D'une pièce à l'étage, il pouvait entendre la musique d'un jeu vidéo qu'il avait reconnu instantanément : Barbie's Adventures. Sam en était folle. Il ne voulait pas penser à Sam, il ne fallait pas.

Quelqu'un lui a fait l'accolade, un homme à l'odeur aigre, sueur et tabac. Malik a dû réprimer un haut-le-cœur.

— T'as faim, tu veux manger ?

— Je voudrais me doucher.

— Je te montre tes quartiers, tu pourras déposer tes affaires. Moi, c'est Bilal.

Malik a suivi Bilal. C'était un coquet pavillon, encombré de meubles et de bibelots. Un ballon de foot dans l'entrée, des chaussures de gamine dans l'escalier, de la vaisselle qui séchait dans l'évier, un sac-poubelle qui attendait qu'on le dépose au chemin. Une porte coulissante donnait sur un petit jardin, enfoui sous les glycines mauves. Tout de ce pavillon donnait l'illusion d'un bonheur tranquille et chargé de projets modestes : un vélo déglingué dont la chaîne exigeait sa dose de graisse, des bacs à fines herbes qui attendaient d'être rangés pour l'hiver, un cerceau de plastique rose oublié dans l'herbe. Attenant au pavillon, un atelier en brique ocre, dont l'unique fenêtre était ornée d'un joli rideau à fleurs, invitait le bricoleur du dimanche à s'adonner à ses activités préférées à l'abri de l'agitation familiale.

Pas un lieu de transition pour adolescents en mal de combat.

Bilal s'est tourné vers lui.

— On t'a mis dans l'annexe, en ce moment t'es tout seul, tu seras bien. Tu as l'eau, l'électricité et la télé. Pas de WiFi et on a bouché les fenêtres, il ne faut pas te faire voir des voisins. Si je te surprends à te faire voir, je te fous dehors, et tu te démerdes tout seul, t'as compris ?

— Oui.

— Ma femme t'apportera à manger. Tu lui causes pas.

— Je peux fumer ?

— Tant que tu mets pas le feu.

— Ça prendra combien de jours avant que je parte ?

— Avec les flics et l'armée partout, c'est pas le moment. Je te dirai quand on décidera que ce sera le temps.

Et Bilal a ouvert la porte de l'annexe pour le laisser entrer. À l'intérieur, il y avait des lits superposés, un évier avec l'eau courante et une télé avec une console de jeux. À terre, un tapis usé couvrait le sol en ciment, et là aussi flottait cette odeur tenace de désinfectant.

Il n'y avait qu'une fois à l'intérieur qu'on pouvait voir que la fenêtre avait été placardée d'une planche de bois pressé, fixée au mur avec des clous. Bilal a réclamé le passeport et le téléphone de Malik.

— Simple mesure de sécurité, tu comprends ?

Non.

Malik ne comprenait pas. Il ne comprenait pas qu'on ne lui fasse pas confiance alors qu'il avait tout quitté en brûlant tous les ponts. Mais il s'est tu, humilié.

Par la porte entrouverte, Malik pouvait voir le lustre vert des glycines dans la lumière laiteuse d'un après-midi de novembre en Belgique. Pendant une seconde, fugace, il a eu la tentation de fuir, là, maintenant.

Puis, il s'est dit que son père l'attendait dans ce pays où les hommes étaient guerriers, et il a remis son passeport et son téléphone à Bilal.

Tout au bout de l'appartement aux plafonds vertigineux, vermoulu de charme et éclaboussé de couleurs, il y avait un escalier qui s'enfonçait dans le ventre de la maison, entre un palmier en pot et une lourde porte de verre qui donnait sur un jardin ceinturé de granit décrépit.

Je t'ai suivi dans cet escalier aux marches abruptes et sans rampes. Tu étais Barbe Bleue et j'étais la dernière de tes conquêtes.

En bas, il y avait une pièce aux plafonds bas, plongée dans le noir. C'était une grotte, un antre, une Batcave, le lieu de tous les crimes, et de tous les châtiments. De lourdes tentures de velours grenat dissimulaient des murs de briques peintes en blanc. C'était une cave faite pour cacher des persécutés en temps de guerre, une cave à couloirs secrets et souterrains, une cave à pouvoir sauver Anne Frank.

Il n'y avait aucune fenêtre.

Ni sortie de secours.

Le lieu idéal pour un attentat.

Je ne veux pas mourir ici.

Au fond de l'antre, il y avait un lit, un lit de fer forgé constellé de coussins et de couvertures fabriquées avec amour et dévotion. C'était désuet, et charmant, c'était un nid d'amour pour espions en fuite, pour guerriers en mal de repos, pour amants en quête de quiétude, à l'abri du monde et des maris jaloux.

Il s'en est fallu de peu pour que ce soit «notre» nid d'amour.

Mais je vais trop vite, je m'avance et je néglige l'essentiel de nous deux: nous avons essayé.

Là où tant d'autres auraient hésité, raisonné, reculé, toi et moi, Matt, aussi imparfaits que l'on puisse être, on a sauté. J'imagine qu'au terme de toutes les introspections, de toute vaine quête de faire porter à l'un ou à l'autre la responsabilité de la faillite de notre rencontre, il faudra revenir encore et toujours à cet essentiel, notre audace.

Je ne qualifie pas notre essai de «courageux». Le courage suppose un oubli de soi, un sens du sacrifice. Ce n'était pas le cas. Ni l'un ni l'autre n'avions l'intention de nous sacrifier pour quelque cause que ce soit. Nous n'avions, comme des imbéciles, tout simplement pas pris la mesure de ce que nous mettions en péril. Je crois même pouvoir affirmer sans trop me tromper que nous avions volontairement nié, avec une belle férocité, tout ce qui pouvait déraper pour nous concentrer sur cette force magnifique qu'est le désir.

Ce désir-là, Matt, c'est ce qui reste de nous.

Il t'appartient, il m'appartient, et pendant quelques fulgurantes heures, nous avons eu la conviction qu'il flamberait aussi fort dans l'oxygène du réel que dans la virtualité de nos échanges, eux-mêmes nourris par des années de braise.

Nous avions, toi et moi, de bonne foi, cru qu'il s'agissait de tasser les braises au tison pour que la flamme s'élève, libérée de sa couche de cendres.

Je présente mes excuses aux amateurs de belles histoires romantiques, la nôtre ne l'est pas. Elle a par contre le mérite d'être une histoire de l'authentique, c'est-à-dire en vert-de-gris, lisérée de lumière. Certains y verront un échec, je préfère y voir l'aube. Tant d'autres se seraient contentés de rêver à ce qui aurait pu être. Accordons-nous au moins le crédit du triple salto.

Nous avons descendu l'escalier de bois qui menait à l'antre, toi devant, ta nuque à découvert, tes cheveux hirsutes, tes épaules fortes sous ta chemise marine, usée à la corde. Je dois te donner ça, ton style vestimentaire était à chier, et tu le portais magnifiquement, de cette dégaine blasée détachée « moi, mon t-shirt vert dégueulis, je m'en contre saint ciboirise, j'ai la matière grise adéquate pour me le permettre ». Ce qui te donnait encore plus de charme aux yeux des filles qui savaient avoir envie de ta matière grise au-delà du vert vomi de ton t-shirt.

Tes chemises en loques, aux couleurs épouvantables, aux poignets usés jusqu'à la trame et auxquelles il manquait toujours un bouton, je les avais toutes vues. Et je te trouvais beau quand même.

En bas de l'escalier, la pièce était plongée dans un clair-obscur, *chiaroscuro*, entre lumière grise de ciel de novembre et noir douillet de cette chambre pour amours illicites.

Tu as déposé ma valise, et tu as allumé dans la salle de bain attenante, une vaste pièce avec un bain dont personne ne devait jamais se servir puisqu'il y avait la douche, et que cette douche, immense et entourée de verre, éclipsait tout le reste.

Tu t'es tourné vers moi et, enfin, tu m'as prise dans tes bras. Tu as mis tes mains sur mes hanches, sur mes fesses, sur ma nuque. J'ai mis les miennes sur tes reins, dans ton dos, dans tes cheveux. J'aurais voulu que l'on ne bouge pas, qu'on se respire seulement, en prenant notre temps, en buvant deux ou trois scotchs imaginaires.

Qu'on se devierge de l'amitié avant de passer à l'amanterie.

Tu m'as embrassée. Ta bouche goûtait le sel, ta peau sentait l'oranger et un peu le Vétiver, un parfum discret, un parfum toi, que j'avais si souvent respiré en t'embrassant sur les joues, quand tu étais mon ami, quand j'étais la femme de l'autre.

J'étais libre maintenant, abandonnée, le cœur dévasté, mais libre. D'embrasser ton visage de boxeur, tes yeux, ton nez, tes tempes, la soie fine de tes lèvres, à pleine bouche. Ta langue rencontrait la mienne, et j'étais incapable de savoir si c'était bon tant tout se bousculait dans un grand carambolage de sentiments et d'émotions contradictoires, nos cerveaux s'interposaient en gardiens du temple de ce qu'on avait été si longtemps l'un pour l'autre : des amis.

Nos corps allaient trop vite, gauches de cette timidité dont on cherchait frénétiquement à se défaire à coups de gestes trop grands pour le moment.

On s'est déshabillés l'un et l'autre. Tu as défait ma robe, descendu la fermeture éclair. J'ai défait ta ceinture, ouvert ton jean. On s'était tout promis, juste pour cet instant délicieux. Et on se retrouvait comme des cons à faire les gestes comme des acteurs médiocres qui ne savent pas faire honneur à un grand texte, tout empêtré d'amateurisme.

Tu m'as entraînée sous la douche, écrin de verre face au miroir, et nous sommes devenus plus beaux, fluides, l'eau ruisselant sur nous, lavant la peur et la gêne en même temps que la poussière du voyage.

Il y avait cette odeur de shampoing et de savon blanc, ce parfum de calcaire et de toi, et cette image, face au miroir : ton corps de lutteur contre la vitre embuée. « Le John Irving du reportage », avait dit une de tes maîtresses, ça nous avait fait rire, et tu ramenais l'auteur de Garp dans nos conversations chaque fois que tu voulais prouver que tu étais capable de rire de toi.

« Sers encore du vin au John Irving du grand reportage. »

Je versais le petit vin rouge aux sulfites que tu avais ramassé sans même regarder l'étiquette, je déposais une autre louche de sauce sur tes spaghettis, et on se foutait de ta gueule, ou de celle de ta maîtresse qui se cherchait un Hemingway, un Miller, un Irving à baiser, comme si le talent s'attrapait en s'accouplant. Qu'en as-tu fait, d'ailleurs, de cette fille exaltée aux gros seins, Barbara, je crois ? Tu t'es sauvé, tu t'es poussé, tu l'as abandonnée dans je ne sais plus quel port, dans les bras d'autres marins ?

Va savoir, Matt, tu en as tant abandonné, des femmes.

Tu ne ressemblais en rien à John Irving. Tu ressemblais à toi. C'était suffisant comme ressemblance d'ailleurs. Un seul Matt Lewis et son double dans le miroir d'Ixelles, c'était déjà plus que n'importe quelle comparaison nulle, c'était déjà assez.

Je voyais ton dos, en V parfait sur tes fesses charnues, tes cuisses puissantes, mes mains délicates sur tes épaules d'homme qui avait l'habitude de porter de l'équipement lourd, tu étais d'un bloc, tout entier en muscles denses qui n'avaient jamais vu un gym, mais qui connaissaient tout du horspiste et de ces jeeps de légende qu'il fallait sortir de bains de boue. Dans l'image, il y avait aussi nos chevelures emmêlées, la brune aux mèches grises de la tienne et la blonde ensauvagée de la mienne, ruisselantes, nos peaux lustrées par l'eau, et le savon, la morsure de tes dents sur mon cou.

Et ta nuque. Dans l'image, il y avait ta nuque.

Ce petit ruisseau qui quitte le crâne pour descendre jusqu'au bas du dos, c'était ce que je préférais de toi. Peut-être parce que, ne la voyant jamais, tu ne te rendais pas compte à quel point elle révélait ce qu'il y avait de vulnérable en toi. Elle échappait à ton contrôle, cette nuque d'ogre aux espoirs de gamin.

T'ai-je dit que je t'aimais, Matt ? Je t'aimais.

Je n'étais pas amoureuse, il faut avoir envie de vivre, ou du moins ne pas vouloir mourir, pour être amoureuse, mais je te jure, à ce moment-là, sous cette eau-là, dans cet antre-là, encore en vie, je t'aimais.

En dehors de toi, en dehors de nous, derrière la caméra, je nous filmais sur la pellicule de mon cortex. Ce qui était encore la seule façon pour moi de pouvoir t'aimer sans que tu puisses t'en défendre.

Tu me tenais contre toi, ton ventre en ventouse contre mon dos, si près, si collé à mes fesses que l'eau n'arrivait pas à s'infiltrer, qu'elle n'arrivait pas à nous séparer. Je fixais le reflet du miroir, gravant chaque détail pour que toute ma vie je me souvienne de cette image, propriété de ma mémoire.

Les images de nos vies nous appartiennent. Nous seuls savons ce qu'elles nous ont coûté, nous seuls avons le pouvoir de les effacer, ou de les tatouer. Nous seuls.

Tu es dans mes images.

Cet après-midi-là, dans une grotte à cacher des réfugiés de guerre, Catherine et Matt n'ont pas fait l'amour. Ils se sont lavés, rincés, épongés, et puis, ils se sont couchés dans le lit aux draps usés et doux, où ils ont essayé encore de s'embraser, et n'y sont pas arrivés. Trop d'images entre eux, trop de réalité. Même s'étreindre, ils ne savaient pas comment. Dans un lent frémissement, le lit s'est mis à vibrer. C'était le tramway qui passait tout à côté de la maison, agitant les entrailles de la terre. Ils se sont assoupis, épuisés d'avoir lutté si fort pour se désirer comme dans les films.

Quand Catherine a ouvert les yeux, réveillée par le passage du tramway suivant, Matt avait quitté le lit. Quelques minutes plus tard, il revenait avec une soupe, et il la faisait manger.

C'était un potage aux poireaux qui avait un goût de farine, pâteux et dégueulasse, mais il s'était donné la peine de prévoir qu'elle aurait faim, il était allé au marché, et il l'avait fait chauffer pendant qu'elle dormait.

Elle a tout mangé.

Ils se sont habillés, et ils sont sortis, en quête de grand air et d'échappatoire à ce qui venait de se passer. Ils venaient de se voir nus, et alors qu'ils se désiraient depuis des semaines, des mois et des années, ils n'avaient pas réussi à faire l'amour. Il n'y a que peu d'exemples inspirants pour ce genre d'équation.

Quoi dire ? Quoi faire ? Devaient-ils en parler ? Attendre ? Oublier ces torrents torrides épistolaires ? Redevenir de simples amis ? Existait-il, quelque part dans le monde, un protocole pour ce genre de situations explosives où il n'y avait aucune position de repli ?

Ils ne le savaient ni l'un ni l'autre.

Dehors, Bruxelles était en état de siège. Sous le ciel gris, et dans l'air presque tiède d'un novembre doux, les soldats étaient partout, casques sur la tête, mitraillettes à la hanche, bergers allemands en laisse, le regard vide et la posture guerrière.

Catherine et Matt marchaient côte à côte, sans se toucher. Il avançait vite, le regard au loin.

Il a peur que je le touche.

Aucun homme ne m'a ainsi tenue à distance, se disait Catherine. Même Gabriel, cet homme marié avec qui elle avait eu une liaison, s'était montré plus démonstratif dans ses affections publiques.

L'homme qui se hâtait loin d'elle avait enfilé une cotte de mailles, tous barbelés dehors, installant mille déchirures entre eux.

Surtout, ne t'approche pas.

Elle a ralenti le pas, pour s'éloigner de la brû-lure, pour arracher sa chair aux dents mauvaises des barbelés, et elle s'est attardée à la vitrine d'une boutique de vêtements pour hommes, en espé-rant très fort que l'eau qui venait de monter dans ses yeux refoulerait au plus vite. Le mannequin portait un pantalon de velours vert pomme, un pantalon Mick Jagger, fait pour la fantaisie et les amours libres.

— Tu trouves ça beau ? s'est-il étonné.

— Oui. Ça t'irait bien.

— C'est pas mon style.

Catégorique. Je ne changerai pas, à prendre ou à laisser.

Justement, je voudrais bien te prendre, tu ne me laisses pas.

— Je n'aime pas les démonstrations publiques, se tenir la main, s'embrasser dans la rue, tout ça, ça m'énerve, a-t-il ajouté, brusquement, comme pour se débarrasser. Toutes les femmes avec qui j'ai été me l'ont reproché.

Il n'y avait pas de réponse adéquate à cette déclaration, qui, au fond, n'était qu'un défi : ne sois pas comme les autres, je t'en prie, n'exige pas ma main dans la tienne, ne me fais pas de reproches.

Elle a gardé le silence, la mémoire encore pleine de ses promesses de la trousser partout, au détour de chaque ruelle, dans tous les racoins de Bruxelles, qui s'encanaillerait sous chaque poussée de reins.

Rien de tout ça n'allait arriver.

Autour d'eux, les sirènes des voitures de police lancinaient, sans égard à leur malaise d'amis n'ayant pas réussi leur conversion au statut d'amants. La menace était terroriste, les morts, déchiquetés à l'arme automatique, on n'allait pas s'attarder sur de simples déchirures du cœur.

Alors pour éviter de pleurer comme une conne en pleine rue, Catherine s'est enveloppée de son armure de femme invisible et elle a fait ce qu'elle savait faire de mieux : tourner son regard vers les autres.

La rue, la rue belge, sous la peur, sous l'adrénaline, était d'une étrange beauté. Comme si, face à la menace terroriste, la crème un peu fade de l'onctueuse Bruxelles venait de se délester de ses couches de gras, l'œil plus alerte, le nerf à vif, le muscle tendu.

Sur les rues aux pavés lustrés par une pluie fine, les Belges se faisaient rares. Les consignes étaient claires : il fallait éviter les lieux de rassemblement, les stades et les salles de concert. Le métro était fermé, et seuls quelques tramways roulaient.

On avait recommandé aux restaurants, bars à vin et brasseries de fermer leurs portes dès 18 heures, et à voir les laitues, bouteilles de vin et baguettes qui gonflaient les cabas, les Bruxellois se préparaient à soutenir un siège.

Ça devait être comme ça pendant l'occupation allemande. Des passants qui se hâtent, aux aguets, l'estomac inquiet. Des passants invisibles espérant passer sous le radar du danger.

Comme elle.

Et puis, avenue de la Toison d'Or, Catherine a vu les chiens. Ils attendaient derrière la grille d'un fourgon de police, leur pelage noir et feu et leurs oreilles effilées de bergers allemands pour toujours associés aux terreurs nazies, à la domination d'humains par d'autres humains.

Ils ont de si beaux yeux.

Les chiens aboyaient, s'agitaient, prêts à en découdre, à travailler. Un seul, énorme, restait immobile, la truffe frémissante en direction de Catherine, aux aguets.

Le parfum du sang.

Enfant, elle avait eu la main gauche déchirée par les crocs d'un chien, un bâtard attaché toute la journée et qui avait brûlé tout le gazon de son périmètre à force de tourner en rond. La bête l'avait mordue parce qu'il fallait bien faire payer quelqu'un pour toutes ces heures à entendre le son lancinant de sa chaîne sur le sol. Cette enfant blonde s'était approchée de lui, et il avait saisi sa main comme un noyé qui s'agrippe.

Elle n'avait pas offert de résistance. Elle ne s'était pas agitée. Elle n'avait pas crié. Sa main, minuscule, prisonnière dans la gueule du chien, en parfaite intimité avec la douleur, s'était couverte de la salive de l'animal et du sang de la morsure.

Et puis, aussi subitement qu'il l'avait happée, le chien l'avait relâchée, et il s'était réfugié dans sa niche.

Comme Matt.

Les pulsations de son cœur dans chacune des traces laissées par les dents du chien, la petite s'était mise à pleurer ; la douleur de la morsure l'avait soulagée de toutes les autres qui lui étaient infligées, et elle aurait voulu qu'elle dure toujours.

Elle était revenue plusieurs fois voir le chien, dans l'espoir de se faire mordre encore. En vain. Il n'avait plus jamais voulu d'elle.

Trente ans plus tard, entre les sirènes de police et la froideur de Matt, tout le corps de Catherine cherchait la morsure de l'animal, en quête de douleur et de soulagement.

Si elle avait pu s'approcher, toucher la bête, mettre son nez dans sa nuque, s'enfouir dans sa fourrure, exposer son cou à la morsure qui l'égorgerait, libérée du chagrin et de l'espoir qui paralysent, elle l'aurait fait. Sans peur.

Le monstre est dans l'œil de celle qui regarde.

Elle s'est éloignée du fourgon aux chiens à regret. Derrière elle, Matt s'impatientait de la voir traîner. Elle a joué la fille facile, qui surtout n'est pas comme les autres, qui surtout ne cause pas de problème, ne soulève aucune objection et ne fait pas de reproches, et elle l'a rejoint, lui offrant son plus beau sourire de feinte.

Et puis, alors qu'ils dépassaient les voitures de police, ils sont tombés nez à nez avec elles : les caméras.

Sur l'écran plat de la télé, posée sur un cageot de bois, Malik s'apprêtait à changer de chaîne lorsqu'il l'a reconnue : la fille de la gare.

Ses cheveux fous, un nuage d'or pâle au vent, celle qui l'avait regardé comme sa mère le regardait quand il avait six ans, quand la vie était encore simple.

Dans l'écran de la télévision, un homme reculait, se dégageant de la foule, des passants. La fille de la gare tournait la tête pour chercher l'homme disparu. Elle était trop petite, une tête de moins que les autres, elle ne voyait pas son compagnon. Malik, lui, le voyait, tout au fond de l'écran, planqué derrière les cageots de fruits d'une petite épicerie.

Putain d'enfoiré. Pourquoi tu te caches ? Pourquoi tu veux pas qu'on te voie à la télé avec elle ?

Sur l'écran, le journaliste interrogeait les passants. Il voulait savoir s'ils avaient peur, s'ils prenaient des précautions particulières, s'ils considéraient que les mesures de sécurité étaient adéquates « étant donné la gravité de la menace terroriste ».

Ses cheveux gominés au gel lustré résistaient au vent, le journaliste répétait « terroriste » avec emphase, pesant lourdement sur la fin du mot, au cas où il resterait un pauvre imbécile en Europe qui n'ait pas encore réalisé que l'heure était grave.

T'es un connard, toi.

Malik écoutait les gens répondre. Ils fronçaient les sourcils, prenaient un air soucieux de circonstance, et ils répétaient, consciencieux et effarés, tout ce que les autres avaient déjà dit :

— Ce sont des barbares.

— Il ne faut pas céder à la peur, ce serait faire leur jeu.

C'est pas un jeu, tu piges rien de rien, c'est tout sauf un jeu, c'est ma vie que je fous en l'air, et je m'en fous, elle est déjà foutue, c'est vous, les barbares.

— La question de l'intégration des immigrants est délicate. Nous ne savons pas les accueillir, nous les obligeons à vivre dans l'indécence et après on s'étonne qu'ils se révoltent.

Je vais te défoncer, pauvre conne, je vais te l'ouvrir, ton ventre de petite bourgeoise engagée qui se croit évoluée avec tes lunettes d'intello, et ta belle conviction de ne pas être raciste parce que tu t'affiches avec ton amant marocain. T'es qu'une salope. Une parfaite petite salope à défoncer. Et lui, c'est un minable, amadoué par ta chatte, et qui ne mérite pas le nom d'« homme ».

Malik détestait ces gauchistes de salon qui paradaient leur supériorité morale à chaque occasion. De tous ceux qu'il voulait déchiqueter, ils étaient son plus grand fantasme. Tuer les ardents défenseurs du respect et de la tolérance, ceux qui se prenaient la main en pleurant, en chantant, ceux qui étreignaient «leurs frères» arabes dans le grand cercle de l'amitié universelle. Ils le rendaient malade, ces sans-courage.

— Bien sûr, il ne faudrait pas faire d'amalgames. Le gouvernement doit cependant...

Le gouvernement. Tous ces gens en costumes hideux qui s'agitaient sans jamais AGIR. Sans que jamais leurs actes n'aient ni influence ni conséquence.

Au moins, ses actions à lui auraient des répercussions concrètes. Trente-sept morts. C'était le nombre que Malik s'était fixé pour que sa mort soit satisfaisante. Il n'y avait pas de symbole dans ce nombre, pas de signification particulière, il avait simplement évalué l'impact de son message. Il lui fallait en tuer plus que dix, pour éviter de ressembler à un amateur, et moins que cinquante, pour ne pas sombrer dans la tuerie psychopathe.

Vraiment, trente-sept morts, c'était parfait, c'était un bon nombre. Un nombre de guerrier qui se respecte.

Après, sa mort à lui, il n'y pensait pas. Ça ne l'intéressait pas. Tous les jours depuis des mois, il regardait des kamikazes se faire exploser sur l'écran de son téléphone, grugeant leur petit bout de bande passante, dévorant son forfait de portable. Tous, ils ressemblaient à des plongeurs olympiques; ils s'avançaient sur le bord du tremplin, ils se concentraient, et ils sautaient. Le plus dur, c'était d'entamer la montée de l'échelle, après, il n'y avait qu'à s'abandonner à l'enchaînement logique des choses.

Parfois, les guerriers tiraient sur les gens, comme à Paris, et alors il fallait qu'ils se sauvent, qu'ils se cachent. Malik ne voulait pas de la cavale. Il voulait retrouver son père, prendre les armes et tuer un maximum de petites étudiantes engagées, de ministres ventripotents, de journalistes aux cheveux gominés qui disaient des conneries à des dames bien mises qui répétaient, la bouche en cul de poule, qu'il fallait éviter les amalgames.

Je vais te les noyer de sang, tes amalgames, connasse.

Derrière le journaliste aux cheveux casqués de gel, Malik voyait la silhouette de la fille de la gare qui s'éloignait, sa chevelure pâle faisait d'elle une victime parfaite, on la repérait tout de suite dans une foule.

Une cible.

Même de dos, elle ressemblait à Bianca, la mère de Malik. Il n'aimait pas voir sa mère sur un écran de télé, il ne voulait pas imaginer qu'une caméra puisse la prendre d'assaut comme ça. C'était une agression. Un jour, quand il aurait ses trente-sept morts, un crétin des médias viendrait pointer sa caméra devant le visage de sa mère aux Hirondelles, escalier E, cinquième étage, avec cet ascenseur qui tombe en panne toutes les cinq minutes, et les ampoules qui à peine remplacées se font voler par les Roumains, ces enculés de Roumains.

Le cœur de Malik s'est arrêté : la fille de la gare n'était plus dans son écran.

La porte s'est ouverte derrière lui. Un glissement de pas feutrés, un voile, une odeur de chorba qui lui a saisi aussitôt l'estomac et l'a fait saliver, il était affamé.

La femme de Bilal.

La tête couverte, les yeux baissés, la frange des cils qui cachait le regard.

Ne pas lui parler. Ne pas la regarder.

Trop tard.

Devant une petite épicerie qui offrait des fruits en cageots, sous la marquise verte et blanche, Matt s'est tourné vers Catherine :

— Tu as envie de manger quoi ?

— Je ne sais pas.

— Tu sais ce que je déteste de la vie de couple ? Ces éternelles négociations sur les activités qu'on fera, sur ce qu'on mangera, et où on ira en vacances. Je déteste ça.

Je ne savais pas que tu voulais qu'on aille en vacances, mon amour.

Elle a retenu la phrase de justesse. Trop de sarcasme après un après-midi d'amour raté. Elle connaissait assez Matt pour savoir qu'il l'aurait mal pris. Elle a mis sa main sur son bras, même pas sa peau, juste le tissu de son blouson, il ne l'a pas enlevée, il n'a pas pris sa main non plus. Matt a fait ce qu'elle redoutait le plus, il est resté neutre, et Catherine s'est risquée :

— Tu veux que je décide, comme quand tu viens manger à la maison ?

— Oui.

Elle a retiré sa main de son bras, et elle s'est dirigée vers l'épicerie.

— Cath... ?

Quelque chose dans la voix de l'homme qu'elle espérait encore tant rejoindre l'a saisie, une urgence, un désarroi.

— Si tu me mets dans un de tes livres, je te tue.

Catherine n'a pas pu s'empêcher de sourire. Il aurait voulu qu'elle fasse de lui le personnage principal de son prochain livre, il n'aurait pas trouvé mieux qu'une menace de mort.

— Comment ?

— Comment quoi ?

— Tu vas me tuer comment ? Un gun, un couteau, tes mains ? Tes mains, ce serait bien, tu m'aurais au moins touchée une fois. C'est pour ça que je suis venue, non ?

Il a reculé, atteint au plexus.

Catherine n'a pas attendu la réponse, elle est entrée dans l'épicerie, sans chercher à savoir s'il la suivait, et elle s'est engouffrée dans les allées étroites, où il y avait à peine de quoi laisser circuler un client, et encore, il ne fallait pas qu'il soit gros. Des étagères jusqu'au plafond, chargées de tout ce que Catherine aimait de l'Europe : du fin, du frais, des charcuteries, des savonnettes parfumées, des boîtes de foie gras, du Valrhona et des biscottes industrielles.

Elle s'est arrêtée au bout de la première allée, laitages blancs et beurres salés, et au milieu des effluves d'ozone du comptoir frigorifié, elle a reconnu le parfum de sa peau. Il la suivait. Pourquoi fallait-il que les hommes ne suivent que celles qui leur échappent?

— Tu sais ce que tu as, à l'appartement?

Il a pris un air piteux.

— À manger? Non.

— Du sel et du poivre, des pâtes?

— Je crois... je... Non, peut-être pas. J'ai acheté du lait et de la confiture l'autre fois, hier. C'est encore bon, je pense. Tu penses que c'est encore bon?

Elle lui a souri. Cher Matt, naviguant comme un renard habile dans les arcanes des gouvernements corrompus, négociant un barrage armé comme un gamin qui échange ses billes, brisant le cœur des filles qui en avaient vu d'autres pourtant, tant d'autres, éloquent sur l'art d'expliquer la différence entre treize factions rebelles, mais incapable de statuer sur la date de péremption d'un litre de lait.

Pourquoi fallait-il qu'il la désarçonne au moment même où elle avait besoin d'avoir pied?

Elle a pris une boîte de pâtes, des œufs, du beurre, du parmesan, de la pancetta, du persil, du poivre et des pommes. Elle s'est retenue pour la tomme, le pain et les oranges.

J'en fais toujours trop pour les hommes que j'aime.

Toujours. Et après, ils se sentent envahis, ou alors ils prennent mes attentions pour une marque de soumission et ils s'accordent des permissions de négligence qu'ils n'auraient jamais osées avec d'autres.

Ou alors ils s'en foutent, lui disait sa petite voix pendant qu'elle reposait une grappe de raisins noirs dans sa boîte de bois. Ils n'ont pas de mauvaises intentions, c'est de l'indifférence, ils ne voient pas les oranges ni les vins fins, ils ne voient pas l'attention qui leur est accordée.

Et ils ne te voient pas non plus, Catherine.

La femme invisible a ramassé une bouteille de Ricard, Matt aimait le Ricard, il aimait l'apéro, il ne l'aimait pas, elle, tant pis, tant mieux, tant qu'à ne pas exister, autant se brouiller la lucidité dans les eaux troubles du pastis.

— Donne-moi le panier, je vais payer.

— Non.

C'était sorti tout seul, presque violent. Non, je ne te laisse pas payer, non, tu n'auras pas le contrôle sur tout, non, je ne te laisserai pas te dédouaner pour le prix d'une bouteille de Ricard et d'une boîte de Barilla aux œufs.

Non.

Matt est sorti, et elle s'est immédiatement sentie soulagée, reconnaissante qu'il n'insiste pas.

À la caisse, une dame aux joues sillonnées par le gros rouge lui a adressé un sourire distrait de bonne commerçante :

— Ça vous fera trente-deux euros. Il vous faut un sac plastique pour emballer tout ça ?

— Oui, merci, je n'ai pas de cabas.

La dame a relevé les yeux vers Catherine, et son sourire s'est épanoui.

— Avec mon mari, on est allés chez vous cet été, on s'est pas mal baladés, on a vu les baleines, elles sont énormes, dites donc. Mais très douces aussi, c'est étonnant pour de si grosses bêtes. Elles sont passées sous le zodiac, on a senti leur masse, mais elles ont rien renversé.

— Vous étiez en vacances?

— Notre fils est installé à Henryville, il a acheté une terre, vous voyez où c'est?

Henryville.
Le village voisin de Clarenceville, cette campagne de mousse et de vallons, ce moment de ma vie où j'ai été la femme la plus amoureuse du monde, du plus bel homme du monde, dans une minuscule maison de campagne au milieu des fleurs et des champs de maïs.

Ce bonheur. Fulgurant. Plein. Couvert d'or et de lumière, je ne te quitterai pas, je te le promets, je te le jure.

Antoine. Et cet amour qui brûlait si fort que nous en avons été incendiés tous les deux, calcinés jusqu'à la suie. Toi et tes foyers d'accueil où on avait martyrisé ton petit corps, moi et mon foyer de rejet où on avait brutalisé le mien, nous faisions une équipe incroyable, un duo prodigieux, quelle course à l'extraordinaire nous avons faite, tous les deux.

Tu es les plus belles images de ma vie: toi, tout en blanc dans les ruines de Delphes, en voyage de noces avant notre mariage, toi qui mangeais des tomates éclatantes et qui buvais du vin presque noir tant il était de mûres et de poivre, dans les calanques de Marseille, toi, tout nu dans notre piscine au milieu des fleurs et des bosquets en fusion, ton corps d'Apache au soleil, tes muscles saillants, le bronze de tes mains, cet or marron sur le métal de la civière alors qu'on me poussait en criant : « Plus vite, plus vite, on la perd. »

Toi.

Je me vidais de mon sang, je me vidais de cette enfant que tu m'avais faite, et je ne voyais qu'une chose, toi.

Toi et ton visage d'Indien des plaines aux lèvres de soie, au nez busqué, aux yeux noirs si lustrés, si affamés, penché sur moi, affolé d'inquiétude quand j'ai perdu notre petite fille.

Amalia, Amalia, ma fille, mon amour, ma petite squaw.

Ta mort a été la fin de nous, de ton père et moi. Tu as emporté notre amour avec ta vie, tu t'es sauvée avec notre plus précieux butin, nous laissant exsangues et dévastés, orphelins de toi. Et cette fois-là non plus, à mon grand désespoir, si grand que j'en étais incapable de pleurer, incapable de parler, je n'en suis pas morte.

J'aurais voulu en mourir pourtant. J'aurais dû en mourir.

Si ton père avait obéi au répartiteur, s'il avait attendu que l'ambulance arrive, je serais morte. Mais il m'avait soulevée du plancher où je suffoquais de douleur, il m'avait mise sur son dos, en bon Indien qui porte la bête qu'il vient de tuer, il avait bravé le vent, la neige pour me mettre dans la voiture, sans manteau, pieds nus, et il m'avait conduite à l'urgence la plus proche, me soulevant à nouveau et me portant en criant : « Aidez-moi, aidez-nous. »

Ils étaient venus à son secours, ils l'avaient délesté de son fardeau, ils m'avaient mise sur la civière et il leur avait dit les bons mots – c'était son métier, les mots – pour qu'on s'occupe de moi tout de suite.

Sans lui, je serais morte. Au fond, c'est le seul homme à m'avoir sauvé la vie. Pour le remercier, j'avais tué notre fille.

Pardon.

Après, bien sûr, on avait fait de notre mieux, au milieu d'un deuil qui ne se disait pas, ne se partageait pas, s'accrochant l'un à l'autre comme des noyés, surtout lui à moi. Je n'avais pas la force de l'aider, j'étais emportée par les flots, possédée par la tentation de me laisser couler, je ne voyais pas la rive.

Nous ne nous en étions pas sortis. Mon corps avait trahi ce que nous avions fait de plus beau, il fallait que j'en paye le prix. J'allais te perdre, Antoine, mon Tonino, c'était écrit, c'était le destin, et encore une fois, malgré tous mes efforts, il m'avait été impossible d'en mourir.

J'ai voulu cette fois-là pourtant. J'ai essayé. Goinfrée de somnifères. J'avais été repêchée de justesse par cette amie qui s'était inquiétée de ne pas me voir répondre à ses appels répétés, et qui avait vandalisé une fenêtre de l'appartement pour me faire vomir la mort de force, à grands coups de doigts plongés dans la gorge, obscènes, deep throat de films pornos où les queues s'enfoncent jusqu'à provoquer des soubresauts de révulsion qui font couler le sperme et les larmes.

Sans cette amie, je serais morte. Elle m'avait forcée à vivre. Ça avait été la fin de notre amitié.

Ce corps, qui résistait à tous les coups, à toutes les blessures, à toutes les trahisons, et qui pourtant refusait de lâcher prise, me quémandait à manger, à boire, voulait vivre. Il fallait qu'il veuille plus fort que mon âme pour survivre à la plus terrible des hontes : celle d'avoir échoué à protéger ma toute petite.

Il restait mon fils.

La voix de l'épicière m'a sortie du pays des merveilles, et ramenée jusqu'à elle, plancher des vaches et de belges humanités.

— On a trouvé ça très joli par chez vous, on s'est fait tous les marchés du coin, on a visité les vignobles, pour voir comment vous faites, forcément, ça nous intéresse, vu que notre fils est maintenant installé chez vous, il fait de la culture maraîchère et il a des chevaux…

— Des chevaux ?

Ta voix tremble, Catherine.

— Vous n'aimez pas les chevaux ? s'est étonné le tendre visage de l'épicière derrière la caisse.

Combien de fois, enfant, est-ce que je m'étais accrochée à une crinière, est-ce que j'avais enfoui mon désespoir dans l'encolure musclée d'une monture qui m'emportait loin, loin, chaque fois que? Souvent, toujours. Je les sifflais, ils venaient, et le bruit de leurs sabots couvrait la lourde respiration de celui qui se soulageait dans mon ventre blanc d'enfant.

Les autres filles rêvaient de châteaux et de princes charmants. Pas moi. Dans mes rêves, mon paradis, mon nirvana, je vivais au milieu des alezans, des percherons et des arabes, j'étais leur seule reine et ils étaient tous mes princes.

— Vous pouvez pas le rater si vous passez par là…

— Rater quoi?

— Mon fils. Vous ne pouvez pas le rater si vous passez par Henryville, tous les toits des bâtiments sont rouges.

Rouge. La couleur de la vie, de la mort.

— Comment il s'appelle, votre fils?

— Thomas.

Elle a eu un rire délicieux et frais, un rire de jeune fille amoureuse.

— C'est mon fils d'Amérique.

Il y avait ces filles qu'on tuait, et il y avait ces fils qui nous obligeaient à vivre. Le mien aussi était en Amérique. Vivant.

Lourde de son sac plein de victuailles, Catherine s'est dirigée vers la sortie. La rue était belle,
l'heure parfaite, et la lumière qui s'enfuyait,
indulgente.

Devant elle, une jeune fille s'avançait.

La mienne aurait cet âge-là si je ne l'avais pas tuée.

La jeune inconnue avait le nez fort et busqué,
un nez de squaw, un nez de petite Apache – elle
tenait ça de son père – et, comme lui, ce regard
de goudron lustré et ces mains couvertes de bracelets et de bagues, argent massif sur peau cuivrée.
Son sac en bandoulière, un livre à la main – couverture grège de chez Gallimard –, la main d'un
petit garçon dans l'autre.

Amalia, mon cœur, ma vie, tu as eu un fils, toi aussi ?

En une seconde, le petit garçon s'est échappé
de la main de la jeune fille et il s'est élancé dans
la rue. Juste au-devant d'une camionnette de
livraison qui prenait son élan pour attraper le feu
qui tournait à l'orange.

La jeune fille a poussé un cri rauque, Catherine
a lâché ses sacs, la bouteille de Ricard a explosé, et,

sans qu'elle sache comment, la main de Catherine s'est retrouvée à broyer l'épaule frêle du gamin qu'elle venait d'attraper au vol, à quelques millimètres du métal, leurs corps maintenant enchevêtrés sur les pavés mouillés, Van Volsemstraat.

À travers les battements affolés de son cœur, Catherine pouvait entendre la respiration saccadée de l'enfant contre elle.

Il est vivant.

Elle en aurait pleuré de soulagement, sans même se rendre compte que l'eau débordait déjà de ses yeux, en trop-plein de tout.

— Tu me fais maaaaaal !

Catherine s'est relevée, sans lâcher l'enfant, de peur qu'il ne s'échappe à nouveau, le poing serré sur le petit paletot. Tu ne me quitteras pas pour un camion, sale gamin, cette histoire comporte suffisamment d'enfants qui meurent, on ne va pas en rajouter.

La jeune fille a empoigné le petit garçon, le visage encore crispé d'angoisse. Elle a frappé l'enfant, une claque de peur et d'angoisse, si forte qu'il en a oublié de crier, puis elle l'a serré dans ses bras.

— Tu ne me fais plus jamais ça, tu entends, plus jamais, sinon je te tue.

Et ces menaces, toujours, de promettre la mort pour préserver la vie.

— Mais maman…

— Non, pas de « mais maman », quand tu tiens ma main, tu ne la *lâches pas*, est-ce que tu as compris ?

À quel âge l'avait-elle eu, cet enfant ? Dix-sept ans ? Ou dix-neuf, comme Catherine ? Jeune, en tout cas. Ce lien, si fort, animal, instinctif, presque brutal tant il était exempt de toute sensiblerie, et porté par l'impulsivité de la jeunesse, il n'existait qu'entre les enfants et les mères qui l'étaient devenues avant d'avoir vingt ans. À peine sorties de l'enfance, elles étaient déjà des louves. À peine nés, leurs petits étaient déjà solidaires de leurs guerrières de mères.

— Merci, a dit la jeune femme en prenant le bras de Catherine, je peux vous offrir quelque chose à boire, vous vous êtes fait mal ?

— Non. Tout va bien.

Je suis venue rejoindre quelqu'un qui ne veut pas de moi, mais à part ça, tout va bien. D'ailleurs, où est-il, je ne le vois plus. Matt ?

— Laissez-moi vous raccompagner jusqu'à votre hôtel.

— Je… j'habite chez un ami. Il devait m'attendre à la sortie de l'épicerie, je ne le vois pas, il ne doit pas être loin.

— Je voudrais au moins vous remercier, faire quelque chose pour vous. Hein, Tom, qu'on aimerait faire quelque chose pour la dame ?

Tom ne montrait aucun enthousiasme, mais il a hoché la tête pour faire plaisir à sa mère, ce n'était pas le moment de la contrarier.

— Le petit est sain et sauf, franchement, c'est tout ce qui compte.

— C'est ma faute, j'étais distraite, j'étais fatiguée, j'ai…

— Je sais. Toutes seules, on fait ce qu'on peut.

Elles ont échangé un regard, un sourire, et elles ont échangé une poignée de main.

— Charlotte, je m'appelle Charlotte.

— Catherine.

Et elles se sont de nouveau saluées avant de reprendre chacune leur route, la plus jeune avec un enfant solidement tenu par la main, la plus vieille tout à coup orpheline d'une main qui aurait pris la sienne.

Sur les pavés mouillés, entre les éclats de verre de la bouteille de Ricard et la pierre du trottoir, l'éclat d'une couverture crème. Le livre tombé des mains de la jeune inconnue au moment où elle s'était élancée vers son fils pour s'interposer entre le camion et lui. À jamais imbibé d'anis et d'alcool.

À quoi servent les livres devant les menaces de la vie ? À rien, bien sûr. Ils sont dérisoires et inutiles. Catherine s'est quand même penchée pour le ramasser, curieuse de connaître l'identité de l'auteur abandonné dans le caniveau.

Romain Gary.

Bien sûr, Gary, bien sûr, *La Promesse de l'aube* : « Avec l'amour maternel, la vie vous fait, à l'aube, une promesse qu'elle ne tient jamais. »

J'aurais tant voulu lui dire, à Romain, qu'avec l'amour maternel la vie n'est pas qu'une promesse qu'elle vous fait à l'aube et qu'elle ne tient jamais. J'aurais tant voulu lui dire que, parfois, l'amour maternel est une salope qui fait des menaces et qui les exécute toutes, et que la vie n'est alors qu'une succession de coups et de naufrages dont on se sort de plus en plus abîmé, et toujours vivant, comme une sorte de malédiction de ne même pas être foutu d'en crever.

Je voulais te l'écrire, ça, Romain. Te dire que toutes les aubes ne se valent pas.

Et puis, un jour de décembre, je m'en souviens trop bien, tu t'es tiré une balle de revolver dans la gueule et tu as mis de la matière grise partout. Enfoiré.

Catherine a glissé son Romain dans le sac de plastique, bien au chaud entre les poireaux et le beurre, et elle a cherché Matt des yeux. Il n'était nulle part.

Tout à coup, d'un souffle, il l'a enfin vue et il est venu vers elle, le journal replié sous le bras, s'emparant du sac le plus lourd. Catherine a désigné le journal :

— Quoi de neuf au royaume du sport ?

— La Belgique ne cédera pas au chantage de la terreur.

— On est en business.

— Oui. Tu es sale sur la joue, fais voir.

Elle l'a laissé faire. Un effleurement de doigt sur une joue éraflée, elle en était là, à quémander des miettes.

— On dirait que tu…

— Je suis tombée, en voulant jouer à Batman.

— Tu t'es fait mal ?

129

— Non, je me suis fait du bien, j'ai sauvé une vie.

— Tu métaphores?

— Si tu veux.

Il n'avait rien vu. Rien du tout. Absorbé dans ses nouvelles du monde, aveugle à ce qui se passait à douze mètres de lui, le nez au vent.

— Ça sent le Ricard.

— C'est ma faute, j'ai cassé la bouteille que j'avais achetée.

— Pour moi?

— Oui. Ton crisse de Ricard, a-t-elle dit en mettant l'accent sur le «crisse», comme le voulait la coutume entre eux.

— Avoue que c'est bon.

— C'est dégueulasse, pis ça engourdit tellement la gueule que, même si je me fends le derrière pour cuisiner, y a plus rien qui goûte rien. Le Ricard, c'est un rouleau compresseur.

— Oui, c'est ce que ça me prend quand c'est moi qui cuisine, un rouleau compresseur. Mais si c'est toi ce soir, je passerai acheter du vin.

— T'as pas de goût pour le vin, Matt, t'achètes toujours n'importe quoi.

Il riait, détendu, trop heureux de la diversion de leurs taquineries habituelles.

— Non, mais c'est pas grave, on est en Europe, ici, tous les vins sont bons. Il y a une petite place pas loin de l'appartement, j'irai tantôt. Tu veux que j'achète du rouge ou du blanc?

— Du blanc. Un pinot grigio de l'Alto Adige. Tu vas te rappeler ?

— Non. Mais je vais prendre une bouteille de n'importe quoi, et une autre de Ricard.

Pendant quelques minutes, ils étaient redevenus les amis complices d'avant, comme à Montréal, comme avant le désir. Il l'a même saisie par les épaules, la tenant contre lui.

— Qu'est-ce que tu vas dire si on croise un de tes collègues de la BBC ?

— À quel sujet ?

Il n'avait pas cessé de marcher, et elle n'a pas réussi à voir s'il évitait son regard ou pas.

— Si on te voit avec moi, tu vas me présenter comment ?

Un frémissement dans son visage de boxeur, une crispation, infime, à peine.

Il a peur d'être vu avec moi.

Il s'est tourné vers elle, le sourire désinvolte.

— Je vais dire que tu es ma petite sœur, voyons.

Mais je ne suis pas ta sœur, je suis la fille dans ton lit, celle que tu fuis depuis qu'elle est arrivée.

Elle s'est dégagée de son étreinte, comme une feuille qui quitte l'arbre à l'automne, sans faire de bruit.

Je ne me souviens pas du reste de la soirée qui a suivi notre incapacité à nous désirer autant dans la vie que dans nos échanges épistolaires.

Une sorte de stupeur hébétée avait pris possession de mon cerveau, sans doute pour m'éviter la panique d'un désespoir que je sentais monter, inexorable.

J'avais fait mes bagages, j'avais préparé des dentelles, des espoirs, des désirs. À moins d'un revirement spectaculaire – qui sait, tout peut arriver dans la vie –, rien de tout ça n'allait servir avec Matt. J'étais venue à Bruxelles comme j'étais allée en Chine, prête pour l'aventure, droit dans le mur.

Well, fuck me.

La Chine. Un jour, il faudra bien que j'en parle. Mais bon, il y avait les courses à défaire, Matt à apprivoiser, alors le désastre pékinois, ce sera pour plus tard, pas là, pas maintenant.

J'ai ouvert les placards d'une cuisine qui n'était pas la mienne, mais qui aurait pu l'être tant tout était soigneusement désordonné comme chez moi, la confiture avec les bols à café, le limonadier à côté du pot d'olives, une petite cuillère au-dessus d'une réserve de Danette, l'organisation spatiale de cette fille qui louait son appartement en B&B était d'une cohérence bohème toute semblable à la mienne. Ma main trouvait sans réfléchir la cuillère de bois, le gros sel, la passoire et les assiettes creuses. Chez moi, la maison était tapissée de livres, chez elle, c'était les tissus, il y en avait partout, jusqu'au plafond, bien enroulés, bien pliés, bien déployés, lin, soies, fins lainages, cotons moirés. Nous partagions le goût de l'hétéroclisme, du vagabondage et des trouvailles insolites. J'avais lu son nom dans le petit catalogue d'une exposition de ses dessins et de ses poupées, délicates et élégantes créatures de fils de fer vêtues de mousselines et de chiffons soyeux, et j'avais vu des photos d'elle, enfant, regard transparent et fossette taquine, tout droit sortie d'un autre siècle, et semblable à ses créations : Inge Vaneker.

Au milieu de mon désarroi d'être accueillie à bras fermés par l'homme qui m'avait promis des océans de caresses, j'éprouvais le sentiment réconfortant d'une sœur jumelle qui m'aurait fait couler un bain chaud, d'une soldate inconnue qui prenait soin d'une pauvre étrangère venue se la péter d'aplomb dans son lit couvert de coussins chatoyants.

Inge, merci. Je te laisse Gary, je le connais par cœur, ça te fera de la compagnie.

J'ai mis de l'eau dans la casserole pour les pâtes, déchiqueté la pancetta, râpé le parmesan, séparé les jaunes d'œufs de leurs blancs, adieu liquide amniotique, et haché le persil.

Derrière moi, le pas flottant comme si c'était lui l'invité chez moi, Matt a ouvert le Ricard, mis de la musique, Piazzolla et Radiohead, et le nuage jaune qui brouille l'eau et les cerveaux a fait son œuvre.

Il était temps.

Il n'a pas vu son visage. Même pas ses yeux au-dessus du voile. Il a respecté l'ordre de Bilal – « Tu ne lui parles pas, tu ne la regardes pas » –, et il a baissé les siens.

Il a vu ses mains.

Elle avait déposé le plateau sur la table de bois, et elle était sortie de suite, en effleurant à peine le sol, refermant la porte derrière elle sans bruit.

Un fantôme.

Il a tenté de résister à l'envie de manger le repas que lui avait apporté la femme de Bilal, il voulait se durcir le corps, lui imposer sa loi. En vain. La chorba, la soupe d'agneau, épaisse de légumes et de perles d'orge, parfumée de harissa et de coriandre fraîche, était délicieuse, et il n'en a pas laissé une bouchée. Le pain était frais, moelleux, le gâteau de semoule s'écroulait sous le miel délicat, imprégné des arômes d'abricot et de fleur d'oranger.

Même le thé à la menthe avait été préparé avec soin, très chaud, très sucré. Malik s'est senti important, choyé, prêt à mourir.

Sur l'écran de la télévision, la femme de la gare n'était pas revenue, et Malik s'est demandé où elle était partie, si elle avait rejoint l'homme qui était avec elle, celui qui s'était éloigné en voyant les caméras de télévision. Il s'est questionné sur la nature de leur relation et il en est arrivé à la conclusion que l'homme ne pouvait pas être son mari. Un mari serait resté près d'elle, et il l'aurait ignorée, comme le font tous les maris, sans avoir besoin de mettre de l'espace entre eux.

Un collègue serait resté aussi. Il n'aurait pas pensé à s'éloigner, il aurait cherché à satisfaire sa curiosité pour le cirque médiatique, peut-être même à quémander sa minute de gloire à la caméra.

Cet homme-là, il s'était éloigné comme un homme qui cherche à se cacher. Peut-être était-il coupable d'un crime, recherché par les polices d'Europe, comme eux… Ou peut-être qu'il était marié et qu'il cherchait à éviter d'être vu en compagnie de sa maîtresse ? En même temps, il était vieux, on voyait ses poches sous les yeux, ses rides, et ses tempes étaient presque blanches, s'il avait eu une maîtresse, il n'aurait pas pris une vieille, il aurait fait comme les autres, il serait sorti avec une des filles que Malik convoitait avant sa conversion : de ces jeunes filles au cul frais qui se croient ouvertes sur le monde parce qu'elles ont un amant marocain.

À la pensée qu'il avait pu, lui aussi, être la caution morale d'une de ces jeunes filles « sans préjugés », Malik s'est senti mal, utilisé, et humilié.

Tout à coup, il n'a plus supporté le son de la télévision, alors il a tout éteint. De toute façon, les infos le rendaient malade de colère, les feuilletons lui donnaient envie de frapper l'écran, et les dessins animés lui rappelaient Sam et lui broyaient le ventre.

Il n'avait pas besoin de ça, il avait besoin de rester fort et résolu. Il était un guerrier.

Malik espérait que la femme de Bilal ne reviendrait pas chercher le plateau. Il ne voulait pas la revoir, il ne voulait pas être tenté de regarder ce qu'il tentait d'oublier depuis tout à l'heure.

Ses mains. Et juste au-dessus, entre le début de la paume et le bras, son poignet frêle et violacé, meurtri.

Il s'est relevé, et il a rallumé la télévision, changeant de chaîne jusqu'à ce qu'il tombe sur un documentaire animalier portant sur les orignaux du Canada.

Il les trouvait gauches et lourds avec leurs panaches encombrants. Mais c'était mieux que la vision d'un poignet brutalisé de noir, de mauve et de jaune.

Matt était sorti pour aller chercher du vin, et il est revenu, en plus du Ricard, avec un pinot grigio de l'Alto Adige, comme Catherine le lui avait demandé.

— C'est bien ça que tu voulais ? s'est-il enquis.

— Oui. Celui-là est excellent en plus, tu as bien choisi.

— Ah, tu vois ! Je ne suis pas juste un bon à rien.

Il voulait lui faire plaisir.

Ou il voulait se dédouaner d'avance de lui faire de la peine, ou la soûler pour qu'elle perde conscience, dans les deux cas, ça n'augurait rien de bon.

Pourquoi fallait-il que les chuchotements de l'instinct soient toujours plus forts que les cris de l'espoir, pourquoi ?

Catherine et Matt se sont installés face à face à la table de la salle à manger, encombrée de journaux, de livres, et de leurs ordinateurs respectifs, comme un vieux couple qui ne se donne pas la peine de débarrasser, et ils ont mangé le carbonara qu'elle avait préparé pour eux.

Elle ne se souvient pas de leur conversation, trop préoccupée qu'elle était par la nuit qui s'annonçait ; il n'y avait qu'un seul lit dans l'appartement, il leur faudrait le partager. Est-ce qu'il la toucherait ? L'obligerait-il à coucher sur le plancher, comme un de ses anciens amants l'avait déjà fait, prétextant qu'il avait besoin d'un sommeil réparateur et qu'elle l'empêchait de dormir ?

Catherine essayait de se détendre, elle avalait son vin, une difficile gorgée à la fois, et elle essayait très fort de ne pas penser, tout en répondant à Matt, qui lui racontait les émeutes haïtiennes qui suivaient les résultats incohérents des élections, « grenadiers, à l'assaut, et tant pis pour ceux qui meurent ! ». Émeutes, incendies, fusillades, Port-au-Prince était à feu et à sang.

— Pourquoi tu me racontes ça ?

— Pardon ?

Il a levé la tête de ses pâtes, un long spaghetti en suspens sur sa fourchette, surpris.

— C'est pas la première élection frauduleuse en Haïti, pourquoi, alors qu'on a toujours tout enduré, qu'on a toujours été patient, pourquoi un soir, devant la perspective d'une élection pas plus frauduleuse qu'une autre, quelque chose explose ?

Matt l'a regardée comme il la regardait du temps de l'amitié ; préoccupé, affectueux, vaguement étonné par ses interventions qu'il qualifiait de « champ gauche ».

— Tu as l'intention de faire une émeute, Catherine ?

Trouve-moi une femme au monde qui n'a pas envie d'être à la tête d'une émeute sanguinaire quand son amant lui fait traverser l'Atlantique pour lui préférer les partisans de Michel Martelly. Watts, Rodney King, Villanueva, c'est de la petite bière à côté de toutes les émeutes que les femmes retiennent. De force. Juste parce que, dès qu'on les met au sein, on leur répète qu'elles doivent obéir, séduire, se contenir. Surtout se contenir.

— Tu ne les connais pas, mes émeutes. Tu ne m'as jamais vue en colère.

— Non, c'est vrai. Est-ce que je devrais aller acheter une autre bouteille de vin ?

— T'es con.

Elle le pensait. À cet instant précis, à le voir faire le malin, la bouche lustrée de carbonara et l'œil allumé, elle l'aurait frappé. Fort.

Matt s'est levé, il a vidé le reste de la bouteille de pinot grigio de l'Alto Adige dans son verre, ne l'a pas embrassée, et s'est emparé de son assiette.

— Je te ressers – ce n'était pas une question –, tu n'es pas bien grosse, je trouve.

— Tu ne me trouves pas assez…

Italienne, voluptueuse, charnelle, désirable, pas assez. Laurent l'avait sacrée là comme un sac de vidanges sur le bord du chemin pour la même raison : pas assez.

Ça commençait à faire beaucoup.

— Cath… ça se voit que tu ne manges pas.

— Je ne dors pas non plus, au cas où ça t'intéresse.

Matt est revenu avec les assiettes. Pleines.

— Tu sais ce qu'elle dit, ma mère, quand je lui raconte que je dors pas?

Matt avait un rapport difficile avec sa mère, elle aurait voulu que son fils devienne plombier et qu'il achète la maison au bout de la rue, elle aurait voulu pouvoir s'appuyer sur lui. Matt ne voulait pas être un appui qui répare des drains français, il voulait être un électron libre qui échappe aux émeutes haïtiennes. Il y avait forcément rupture. Mais bon, il citait sa mère chaque fois qu'il sentait le besoin de faire appel au gros bon sens. Il fallait croire que c'était le moment ou jamais.

— Qu'est-ce qu'elle dit, ta mère?

— Couche-toi pis dors.

Il avait réussi à la faire rire, il était content. Ils ont terminé leur repas, il a dit «Merci, c'était très bon, comme toujours», et ils se sont installés côte à côte sur un petit sofa plein de coussins (Inge adorait les coussins, elle aurait fait un match parfait avec le soudeur de Carcassonne, celui qui criait: «Les coussins, c'est la vie!»), et ils se sont parlé.

De tout. Mais surtout de rien.

De la rue leur parvenaient le grondement du tramway qui passe, l'écho des sirènes, sporadiques, le vrombissement des moteurs et la musique des pneus sur les pavés de pierre, mais ce soir-là, il n'y a pas eu d'explosions, pas d'émeutes, pas d'attentats. Bruxelles sous tension était tapie, dans l'attente du guépard.

Et puis, il y a eu un mouvement des plaques tectoniques, Catherine s'est retournée comme un fœtus dans le ventre de sa mère, et elle s'est appuyée sur Matt, lovée contre son torse. Il n'a pas bougé. Il ne l'a pas repoussée, mais il ne l'a pas entourée de ses bras non plus.

Elle est restée là, le cœur battant, figée.

— C'est pas toi. Je n'aime pas être touché.

— Tu...

— Je sais, je suis mal fait.

— Du tout ?

— Non. Me faire jouer dans les cheveux, tout ça, j'aime pas ça.

Mais je ne te joue pas dans les cheveux.

— Tu te sens envahi ?

— Non, peut-être, je sais pas. J'aime pas ça, c'est tout. Tu sais comment tout le monde aime les massages ? Moi, je ne supporte pas ça.

Et pour faire l'amour, tu fais comment ?

Encore une fois, elle a gardé le silence, le cœur en compote, la tête confuse. Il lui avait écrit mille fois qu'il rêvait de la toucher, qu'elle était trop loin, que le désir à distance ça le rendait fou, et tout à coup, alors qu'elle était là, dans ses bras, il lui annonçait qu'il n'aimait pas être touché.

Alors, pour éviter qu'il la voie pleurer, elle s'est levée, lui tournant le dos.

— Où tu vas ?

Elle a tenté de maîtriser sa voix, elle ne voulait pas qu'il lui pose des questions, elle ne voulait pas qu'il la retienne, fallait rester naturelle, la fille qui est fatiguée, le décalage, tout ça.

— Obéir aux ordres de ta mère : me coucher pis dormir.

Il ne l'a pas retenue.

Il est descendu plus tard. Il l'a trouvée les yeux grands ouverts, les jambes sorties des couvertures et les bras en croix.

— Tu ne dors pas…

— Je suis fatiguée d'essayer de dormir.

Il s'est glissé à ses côtés, il a mis sa main sur son épaule, elle s'est tournée vers lui, face à face, et ils ont fait ce que d'autres gens appellent l'amour.

Des gestes. Des sons. Pas de mots. Un désir d'honorer des promesses, pour ne pas décevoir, un désir qui monte tout de même – comme les filles violées qui ont des orgasmes, malgré elles, trahies par leur corps –, désir fragile, interrompu, une petite mort à toute vitesse, à la James Dean, un crash.

Rien n'était bon. Tout était mal.

Et la vraie mort, la définitive, qui ne voulait toujours pas d'elle, à la fin, ça usait d'être ainsi sans cesse rejetée comme une bouteille de plastique dont l'océan cherche à se débarrasser en la repoussant sans cesse sur le rivage.

Au matin, après une nuit recroquevillée au plus extrême du lit, la tête enfouie dans un oreiller défaillant, Catherine s'est dit qu'il fallait qu'elle parte. Tout de suite.

Elle a parlé, à voix basse, sans même vérifier s'il était réveillé, sans se retourner, elle ne voulait pas affronter son regard, pas au petit matin, pas après la nuit blanche aux idées noires :

— Je vais partir.

Elle l'a senti bouger, il était réveillé.

— Tu viens d'arriver.

— Je vais à l'hôtel.

— Non. Tu n'as pas dormi de la nuit, et tu dis n'importe quoi, c'est le décalage.

— Tu veux pas que je te touche, ni dans la rue ni à l'abri, je te demande ce que tu veux manger et tu me fais une déclaration contre la vie de couple, on mange ensemble, tu me parles de la situation politique en Haïti, on couche ensemble et c'est tellement raté que…

— C'est raté ?

— C'est magistral comme c'est raté.

Elle ne s'était toujours pas tournée vers lui pour lui faire face, mais il a posé sa main sur sa hanche et il la tenait contre lui, pas assez pour l'aimer, juste assez pour qu'elle ne s'échappe pas, dans les limbes du désir et de l'amour, cette zone non franche qui paralyse.

Je suis foutue.

— Depuis hier que tu me mets en garde contre toi, Matt, contre tout ce qui pourrait nous rapprocher, tu me tiens tellement à distance que je ne sais pas pourquoi j'ai traversé un océan pour te rejoindre.

— Ne me dis pas ça, s'il te plaît, ne me dis pas ça.

— Tu me repousses, c'est…

— Je ne te repousse pas, je suis…

— Tu as honte d'être vu avec moi.

— Quoi?! Non!

Au déraillement de sa voix, elle a senti qu'elle avait touché la faille, ce qu'il aurait préféré taire.

— Dans la rue, quand on a vu les caméras, tu t'es éloigné de moi.

— Parce que je ne voulais pas être vu dans un reportage d'une autre chaîne que celle pour laquelle je travaille. C'est tout.

Ils se sont tus, sur le fil de fer au-dessus du vide, entre la tentation de la franchise et celle de sauver les quelques meubles qui restaient, dont peut-être la petite table en bois de leur amitié. Catherine s'est concentrée sur sa respiration, mobilisant

toutes ses forces pour ne pas trahir sa vulnérabilité. Elle voulait lui faire une offrande, un drapeau
blanc, un rameau d'olivier, une colombe duve-
teuse au cœur battant. Elle a puisé au plus profond d'elle-même pour en ramener toute la douceur dont elle était capable.

— Matt, je ne suis pas venue pour te faire chier,
je suis venue pour t'aimer, et tu ne me laisses pas
faire.

— Catherine, arrête, s'il te plaît. Je le sais.
Toutes les femmes m'ont reproché la même chose.

— Quoi?

— De les aimer mieux de loin.

Elle a hoché la tête en silence, opinant malgré
elle. Oui, oui, oui. Elle ne voulait pas l'énoncer à
voix haute, de peur de faire pléonasme. Il le savait
déjà, c'était pas nécessaire d'en rajouter.

— Je ne suis pas « toutes les femmes ».

— Je sais. C'est pas à cause de toi, Catherine,
c'est moi.

*Oui, mais c'est moi qui suis en face de toi, aujourd'hui.
C'est à moi que tu fais mal. Et je ne vais pas te le dire parce
que tu saurais que je pleure, et ça, jamais, m'entends-
tu, jamais.*

Sous sa joue moite, l'oreiller était trempé.
Merde, merde, merde. *T'as pas pleuré, pas une
goutte, pas une larme quand Laurent t'a éjectée de sa
vie après onze ans de vie commune, tu vas pas te trans-
former en fontaine pour un mec avec qui t'es même pas
foutue de coucher sans que ce soit raté ?!*

Ne pas se retourner.

— Tu ne vas pas partir, je vais m'habiller, et je vais aller nous chercher des croissants chauds, et ensuite faire du café. Toi, tu ne bouges pas, tu te reposes.

Elle s'est enfin assise, le drap autour de la poitrine – on est mille fois plus nue quand on a du chagrin, il faut toujours avoir le chagrin habillé, et si possible bardé d'armure –, et elle l'a regardé enfiler ses vêtements.

— Je ne veux pas me reposer.

Il a terminé de lacer ses Clarks usés à la corde, il s'est redressé et il a lancé :

— Tu fais ce que tu veux, Cath, mais si tu pars sans me le dire et que tu n'es pas là quand je reviens, je te retrouve et je te tue.

Tire, mais tire donc, qu'on en finisse.

Il s'est éveillé à l'aube, sous tension, fatigué d'un sommeil tourmenté d'images de poignets délicats et meurtris, et de rêves où flottait un parfum de menthe et d'oranges.

Il s'est réveillé dur et gorgé de sang, comme tous les matins depuis le début de sa puberté. Et comme tous les matins, il s'est tourné sur le ventre, les mains agrippées à l'oreiller, sur le côté, en récapitulant les étapes d'assemblage d'une mitraillette, sur le dos, le regard fixé aux fissures du plafond, en espérant que ça passe.

Ça ne passait pas.

Malik avait posé la question de la masturbation sur un forum islamique. On lui avait répondu que le Coran préconisait de « baisser le regard » et de privilégier la solution du mariage, en tant que mesure radicale de salut contre la tentation. On l'avait menacé de préjudice sanitaire, d'affaiblissement de la vision, des nerfs, de son organe génital, de douleurs au dos et de graves méfaits psychologiques tels que l'angoisse et l'instabilité de sa conscience.

Ce n'est pas tant que Malik craignait les foudres d'Allah, il s'en foutait, des réprimandes de l'au-delà. Il avait perdu sa virginité à treize ans, avec une vieille de seize, en colonie de vacances dans le Morbihan, une expérience éblouissante et expéditive qui l'avait laissé sur sa faim, et taraudé par le désir de recommencer. Malik était beau, ténébreux, les filles venaient à lui sans qu'il ait besoin de faire des efforts, il avait récolté des filles de toutes les couleurs, des vertes et des plus mûres, des filles qui le désiraient, qui tombaient amoureuses, des filles qui se donnaient. Parfois, il s'attachait, brièvement, à l'une ou à l'autre, mais ça ne durait pas, très vite, son esprit était libre d'attaches, et son regard se tournait vers la suivante. Il n'avait jamais senti le besoin de se priver de filles avant. Mais il avait lu dans un traité d'arts martiaux qu'un vrai guerrier devait se contenir pour renforcer sa détermination au combat, et il était sensible à cet argument qui lui semblait juste.

Il aimait l'idée que sa simple force de caractère puisse contenir son corps, le contrôler, le dominer. Qu'il soit roi et maître de ses pulsions et de son destin. Les deux lui semblaient intimement liés.

Alors il s'exerçait à poser un regard détaché sur les femmes de la rue, et à baisser les yeux quand, par inadvertance, il croisait ceux d'une fille délurée qui lui manifestait son intérêt. Il était presque arrivé à se croire fort, invincible.

Et puis, en bordure d'un tissu noir, il avait suffi de la délicatesse d'une main au poignet meurtri, d'une rangée de cils noirs qui balayait une peau fine, et tout s'écroulait, sable mouvant sous lui.

Sous son ventre en furie, il pouvait sentir la douceur usée des draps de coton, le creux délicat du matelas défoncé, le parfum du savon à...

Il s'est relevé avec un cri, et il est entré sous le jet d'eau froide de la douche comme on entre au combat, déterminé à la victoire. L'odeur aseptisée d'un gel industriel a nettoyé ce qui restait de tentation.

Il est sorti de la douche, la peau rêche d'avoir été frottée, le corps frustré et l'esprit fier. Il dominait la matière.

Sur la table, elle avait déposé un plateau : une orange, un bol de café et des tartines.

Dans l'air frais du matin qui était venu aérer l'humidité de l'annexe, Malik pouvait sentir son parfum, presque sa peau.

Il a eu, à nouveau, un brasier au ventre.

Matt est revenu les bras chargés, des croissants, une baguette, des confitures, du beurre, du vin, encore du vin, des fraises, et des nouvelles fraîches : Bruxelles était toujours en état de siège, les écoles étaient fermées, les rassemblements interdits, et les flics partout, sur les dents. Quant aux spectacles, ils tombaient comme des mouches, assassinés les uns après les autres par la menace des morts du Bataclan.

Il a tout jeté sur la table, victuailles et nouvelles de guerre, pêle-mêle, un matou qui dépose son oiseau mort en offrande, les plumes en déconfiture.

Il a préparé le café, déposé un croissant chaud devant moi, attentionné. Il voulait que je sois bien, que je me sente accueillie ; il le voulait autant pour lui que pour moi.

Assez pour faire la paix, pas assez pour faire l'amour.

Il ne fait pas bon errer dans ces zones floues, nimbées du brouillard de l'ambiguïté. Quel étrange tango nous dansions, lui et moi.

— Ce serait bien si quelqu'un faisait un film avec un de tes livres, m'a-t-il dit, le couteau à beurre dans la confiture.

— Il faudrait que mes livres soient lus pour qu'un producteur de cinéma s'y intéresse.

Stating the obvious.

— Et un réalisateur, il peut acheter les droits? Si Denis Villeneuve te lisait, il pourrait avoir envie d'en faire un film.

Le croissant, pourtant feuilleté à la perfection, ne passait plus. Ce n'était pas encore aujourd'hui que j'allais me remplumer.

— T'as des plogues avec Denis Villeneuve, Matt?

— Non.

Ça m'a énervée, comme chaque fois que quelqu'un qui n'y connaît rien joue de la pensée magique, comme s'il suffisait de «vouloir». Va jouer ailleurs.

— Alors arrête de m'en parler.

— Mais ça te plairait?

— C'est le chèque qui me plairait. Ça me permettrait d'écrire un autre roman sans avoir à me soucier de gagner ma vie en overtime, t'es content? L'idéaliste est satisfait?

— Donc le résultat…?

— Je m'en fous, lui ai-je dit, en repoussant mon assiette avec une violence tout à fait gratuite. Si c'est pourri, je dirai que le livre était mieux, et si le film est bon, fuck me, tant pis. Et si tu me parles encore de ça, tu peux sortir toutes les menaces que tu veux, je décrisse et tu me revois plus jamais.

Il y a eu un silence.

— Tu ne manges pas ton croissant?

— J'ai pas faim.

— Faudrait que tu te forces un peu.

— Non, faut pas. J'ai vidé mon compte d'efforts, je suis à découvert.

Et à défaut d'avoir la force de m'opposer à toi, et te quitter tout de suite et pour de bon, j'ai opté pour la fuite au quotidien, celle que des milliers de gens choisissent tous les jours histoire de s'évader un peu du flou...

— Je vais aller travailler dans un café.

J'ai ramassé mon assiette, je l'ai lavée, mise à égoutter, et j'ai enfilé ma grande veste de sport, celle qui me donnait l'air d'un adolescent en mal de mauvais coups.

Sortir, vite, vite, avec l'urgence au cœur, une évadée de prison qui s'échappe. Remonter Lesbroussartstraat, avec l'idée de trouver un café où je pourrais me réfugier.

Il y a des centaines de cafés à Ixelles. L'un d'entre eux me ferait signe.

J'ai erré longtemps. Vers Châtelain, jusqu'au parvis de la Trinité. Partout, l'armée, les soldats, les flics. Partout les Bruxellois, désemparés, en quête d'une destination qui n'était ni l'école des enfants – elles étaient toutes fermées –, ni le bureau: la plupart avaient décidé de reporter le travail de quelques jours.

Alerte rouge, il fallait courber le dos, attendre que le brasier perde de sa force, suivre les directives de la sécurité nationale.

J'ai contourné les camions et les soldats de Trinité, je suis remontée jusqu'à Flagey, Saint-Boniface, place Stéphanie. Aucun café ne m'ouvrait les bras. Et je n'étais pas prête à négocier là-dessus, je tenais à mon café refuge, celui qui voudrait de moi, qui m'aimerait, qui chuchoterait mon nom au creux de mon oreille, sa main chaude posée sur ma nuque : « Catherine… »

Redescendre Louise, heureuse d'être partie runnings aux pieds, et finalement tomber sur un tout petit café, à la jonction de Louise et de Lesbroussartstraat, à deux minutes de l'appartement d'Inge-les-Coussins, niché en retrait du débarcadère du tramway, un café chat, blotti dans l'encoignure de la place, à l'abri des regards et des bombes.

Un beau café, lumineux et odorant, où le barista est venu déposer un americano bien dense devant moi, installée à la dernière place du comptoir qui faisait face à la rue, sa baie vitrée servant d'écran sur un monde bouleversé.

Un écran plat diffusait les nouvelles des attentats de Paris en boucle, images des corps, images de l'assaut des forces policières, images des terroristes abattus, et au-dessus, sorte d'Arsène Lupin de l'EI, le visage de celui qui avait pris la fuite. Quelqu'un avait baissé le son, nous épargnant les commentaires des abrutis de l'information, mais en sous-titre, sous le regard cerné de l'homme en fuite, on pouvait lire « Bruxelles, Schaerbeek, Molenbeek ».

Autour de moi, en écho dans le café, les gens murmuraient la même chose, avec variations sur le thème : les défaillances des hommes et des femmes politiques, l'organisation du quotidien sous la menace, le prix du pain.

C'est toujours ça, la guerre : le pain. Perdre sa vie pour le gagner, risquer sa vie pour aller le chercher, espérer en avoir assez pour durer.

L'auvent de la marquise ne nous protégeait ni du soleil ni du monde, et il crachotait bien gris sur Bruxelles ce matin-là. Parfait pour se cacher, parfait pour faire sauter une station de métro, parfait pour écrire.

Matt n'avait pas cherché à me retenir. Je le sentais aussi malheureux que moi de la situation, coincé, lui aussi, entre l'arbre de nos fantasmes et l'écorce rêche de la réalité.

J'ai ouvert mon laptop, prête à plonger dans ma dernière commande, un discours sur la méthodologie d'intégration des nouveaux immigrants dans une municipalité de la Rive-Sud.

Une alerte rouge dans Messenger est venue perturber ma concentration : Matt.

L'ouvrir, c'était lui signifier que je l'avais lu. Je ne voulais pas m'exposer à...

« Je suis triste de notre conversation de ce matin... je n'aime les gens que quand ils sont loin, je suis mal fait, je le sais. »

Les filles sont toujours prêtes à pardonner la tristesse des hommes. Elles en oublient la leur, et foncent toutes voiles dehors à la rescousse de l'homme qui a du chagrin. Mais ce matin-là, je ne voulais pas prendre soin de lui, ni de ses sentiments, j'avais assez des miens, qui étaient lourds et laids.

Et au fond du ventre, une question qui ne demandait qu'à se garrocher en coup de poing : si tu le sais si bien, pourquoi tu m'as demandé de venir te rejoindre ? Pour m'abîmer davantage après Laurent ? Pour te consoler de ton impuissance ? Pour avoir de la compagnie dans ton désarroi ? Pourquoi ?

Je n'ai pas posé la question. Je n'ai pas répondu à son message. La tentation d'exposer mon flanc, d'avouer qu'il me faisait mal était trop grande.

Le silence me semblait la seule option valable.

Mais j'ai tiré sur le fil de notre discussion, et tout était là, cette flambée du désir, cette incandescence, cette folie impulsive qui me ressemblait trop, et qui ne lui ressemblait pas du tout.

Je n'avais pas rêvé.

Je lui ai répondu quelque chose, je ne me souviens plus des mots, une parade sur un air de flirt.

Il m'a répondu aussitôt, tout aussi flirt, la flamme à nouveau fringante.

Oui, Matt, tu m'aimes de loin, et tu me repousses de près.

Autour de moi, un bruissement, le bruit de la porcelaine des tasses qu'on dépose dans la soucoupe. J'ai levé les yeux. Sur l'écran de la baie vitrée du café qui donnait sur la rue se déroulait tout à coup une scène qui sortait tout droit d'un film de Costa-Gavras.

Les flics, les voitures, les bergers allemands et, au centre du cercle, un jeune homme brun à qui on avait coupé tout horizon de fuite. Il était cerné, coincé, encerclé.

Toutes mitraillettes pointées sur lui, un mur de filins d'acier dressés.

De l'intérieur, on pouvait entendre les ordres des policiers lui ordonnant de laisser tomber sa veste.

Combien de secondes se sont écoulées? Je ne sais pas. Tous les regards étaient tournés vers ce jeune Arabe à la chevelure bouclée et à la veste tout à coup beaucoup trop grande pour lui. Toutes les respirations se sont arrêtées, à l'unisson, comme si une seule palpitation, un seul émoi allaient tout faire sauter.

Le jeune Arabe a défait les boutons de sa veste. Si ça n'avait été ses mains qui tremblaient, ça aurait pu être le geste d'un jeune homme qui se déshabille chez le médecin.

À l'intérieur du café, nous avons tous pensé la même chose, au même instant, liés par cet orgasme simultané: nous allions mourir.

La veste est tombée par terre, chute silencieuse, libre d'explosifs. Les policiers se sont rués sur lui, l'ont empoigné, et l'ont escorté jusqu'au camion avant de refermer les portes sur lui dans un claquement de métal.

C'était fini.

Je n'ai jamais su pourquoi on l'avait arrêté, si ça se trouve, c'était pour possession de shit, ou recel de portables volés, tout ce que je sais, c'est que le soupir de soulagement collectif a pris toute la place dans ce petit café niché au coin de Louise et de Lesbroussartstraat.

Au milieu du silence, une voix de jeune fille s'est élevée, limpide:

— En tout cas, moi, ce soir, je vais au cinéma.

On s'est tous retournés vers la voix inconnue : c'était une très vieille dame au regard vif et racé, le visage sillonné par la vie dans ce qu'elle a de plus brutal et de plus beau, sa main encore crispée sur le col de sa redingote. Sa déclaration était aussi claire que sa voix ; nous n'allions pas céder à la peur, nous n'allions pas capituler.

Nous étions vivants.

Derrière son comptoir, le barista s'est emparé d'une télécommande, en une seconde l'écran géant pusher de névroses collectives est devenu noir, atteint en pleine tête.

Le soulagement était palpable.

Des notes sur un piano ont remplacé le silence. Le barista a monté le son, jusqu'à ce qu'il enterre tout bruissement de mitraillette, tout claquement de fourgon blindé, tout bruit de bottes sur les pavés.

Quando la sera scivolo su di noi,
Quand le soir glissa sur nous
All'uscita della scuola in città,
À la sortie de l'école, en ville
Ci prendemmo per mano e ti dissi
Nous nous prîmes par la main, et je t'ai dit
Io ti amo
Moi je t'aime
Il mio rifugio, il mio rifugio,
Mon refuge, mon refuge
Il mio rifugio sei tu
Mon refuge c'est toi

Quand tout tombe, les mondes et les bombes, quel refuge reste-t-il à part l'amour?

Rien.

Aimer, être aimé, c'est le seul refuge, l'unique mesure de sécurité, le seul endroit qui vaille la peine de braver tous les niveaux d'alerte.

J'ai fermé le document sur lequel je travaillais et j'en ai ouvert un autre.

Vierge. Et puis, je l'ai défloré, sans préliminaires et sans égard à ses sentiments.

Ixelles, Belgique, dans un café au coin de Louise et de Lesbroussartstraat, novembre 2015.
Dis-moi que tu m'aimes, sinon je te tue.

Il fallait toujours que ça vienne de moi; le cœur en bandoulière, les bras ouverts, le cul offert. J'étais celle qu'on garde à portée de main en cas de fringale, qu'on rejette quand on trouve plus frais, et qu'on menace de mort, sans jamais tenir promesse.

Moi qui avais été « *il mio rifugio* » de tant d'hommes, qui ne souhaitais qu'aimer et être aimée, il me fallait bien constater la brutale évidence: personne n'était mon refuge.

Personne.

Et puis, alors que personne ne m'appelait jamais à ce numéro, alors que j'avais désactivé les données à l'étranger, mon téléphone a sonné.

— C'est moi.

Laurent. Explosion mortelle à Bruxelles. Un mort.

I died a hundred times, you go back to her, and I go back to black. Amy Winehouse déchire, fulgurante, fondant dans la plaie ouverte, aucune trace de cicatrisation en vue, dans les chairs à vif, au nerf, c'est l'hécatombe.

— Catherine...

— Oui.

Sa propre voix était celle d'une étrangère, la fille d'avant l'attentat, la fille qui croyait que.

Pendant des mois, elle n'avait pas dormi, couchée en cuillère avec son téléphone dans l'espoir qu'il se souvienne, qu'il appelle et qu'il s'exclame, comme il l'avait fait si souvent : « Hi baby ! »

Le téléphone était resté silencieux, bombe à retardement au creux de l'oreiller sec de larmes, petite boîte noire qui ne donnait aucune explication sur les raisons du crash. Seul le silence.

Ils s'étaient séparés au petit matin dans le hall anonyme d'un hôtel de Beijing, elle s'était arrachée à lui en laissant des lambeaux à vif de sa chair entre ses mains. Elle savait qu'elle lui épargnait l'odieux d'avoir à se détourner en premier alors qu'il venait de la quitter, avec une brutalité inouïe.

Même l'odieux, il n'avait pas eu besoin de l'assumer. Même ça, elle le lui avait épargné, ramassant la note, à l'image de ce qu'ils avaient été depuis le début, un parasite se gavant du sang de son hôtesse.

Il s'était repu d'elle, il avait grandi, profité, et le jour où il avait été rassasié, où il avait été assez fort, il s'était expulsé d'elle en lui déchirant le ventre.

Quelques mois plus tard, un jour d'octobre, il avait pris un avion pour régler ses affaires à Montréal. Entre un rendez-vous chez le dentiste et un autre chez sa comptable, il lui avait annoncé qu'elle ne pouvait plus satisfaire ses « wants and needs », il avait trouvé ailleurs, merci, en mieux et en plus jeune, Mary-Jan (sans « e », trop commun) avec qui il pouvait enfin assumer sa vraie nature de dominateur, et pratiquer le bondage, la domination, le sadisme et la soumission. Mary-Jan sans « e » était mariée, un détail, mais son mari, son pauvre mari, Werner, un Allemand, ne pouvait pas non plus satisfaire ses « wants and needs », alors elle s'était jetée dans d'autres bras plus compréhensifs. Laurent avait rencontré Werner, ils avaient discuté, en adultes, de leur situation, de leur liberté d'aimer « en dehors des conventions », le secret était bien sûr dans l'excellence de la communication, il fallait savoir se parler.

Laurent qui ne s'exprimait sur rien, à la limite de l'autisme, qui lui vantait, au-dessus d'une pizza, les mérites et vertus d'une communication limpide. C'était surréaliste.

Laurent s'en tirait bien, le rôle de l'amant d'une femme mariée, c'était toujours plus fougueux que celui de la maîtresse de l'homme marié, cette pauvre nunuche à qui on fait croire qu'on quittera un jour bobonne, celle qui ne comprend rien à rien, qui ne fait aucun effort pour le séduire, celle qui a délaissé la baise déchaînée dans la ruelle pour le plan trois minutes après les nouvelles.

Laurent insistait, il était heureux enfin avec cette fille soumise qu'il pouvait attacher, fouetter, et avec qui il pouvait assouvir ses fantasmes de domination : «Je contrôle ses orgasmes, tu comprends.»

Non. Elle ne comprenait pas, le cerveau en mode overload, le disque dur bombardé, la roue multicolore tournant dans le vide.

«Je contrôle ses orgasmes.»

Il avait dit ça avec le sourire satisfait du mec qui vient d'entrer en religion et qui ne demande pas mieux que de répandre l'heureuse nouvelle aux pauvres béotiens qui croyaient encore à l'égalité des chances et à l'équité salariale.

«Nothing wrong with vanilla people», avait-il ajouté, le ton plein de mépris, tous les goûts sont dans la nature.

Le sel sans caramel avait coulé en rigoles corrosives dans son cœur de vanille.

Oui. Bien sûr. Comment pouvait-on aimer la vanille, ça n'avait pas de sens. Seuls les ennuyeux, les prévisibles, les boudinés dans leurs conventions sociales se réfugiaient derrière cette saveur qui n'en était même pas une.

Il fallait être mièvre pour ne pas s'incliner devant cette monstrueuse évidence. Catherine s'était inclinée, elle avait relevé ses cheveux et tendu le cou au bourreau en espérant que le coup serait franc, qu'il la décapiterait d'une main sûre, qu'on en finisse. The king is dead, long live the kink.

Il avait enchaîné en lui disant qu'il passerait le jeudi pour déménager ses affaires avant de repartir pour la Chine, où de nouveaux défis professionnels l'attendaient, en plus du contrôle de l'orgasme. Le camion était loué, il en avait pour deux heures, maximum. Elle avait dit : « Oui, d'accord, comme tu veux, deux heures, trois, prends le temps. »

Ils avaient passé onze ans ensemble, on n'était pas à une heure près.

Elle n'avait pas voulu être là, prétextant un rendez-vous avec un amant qui voudrait bien l'attacher, la fouetter et contrôler son orgasme. Il avait été assez imbu de son nouveau moi retrouvé pour la croire, presque fier de l'avoir convertie aux joies du bondage et de la soumission.

Elle s'était réfugiée à une dégustation de vin – boire, cracher, surtout ne pas s'enivrer –, retardant l'heure de rentrer jusqu'à ce qu'elle soit certaine de ne pas le croiser.

À la vue du camion de déménagement, stationné devant la maison, de ses frères – il n'avait pas d'amis – venus l'aider à vider les traces de son passage dans la vie de Catherine, elle avait senti sa poitrine imploser, son dos se liquéfier.

Elle s'était hâtée par la ruelle, le cœur en cavalcade, de la nausée plein la gueule, se sauvant comme une voleuse des lieux de leur amour.

Parce que, de l'amour, il y en avait eu. Elle l'avait cru en tout cas. Oui, elle l'avait aimé, son Laurent. Comment expliquer autrement de lui avoir tant donné? De l'avoir tant soutenu dans ses ambitions professionnelles, jusqu'à ce qu'il se hisse quelques échelons plus haut; pas le sommet, non, juste assez pour avoir les moyens de refaire sa vie, sans elle.

Comment expliquer qu'elle n'ait rien vu venir? Pire, qu'elle ait cru, maintenant qu'il avait trouvé sa voie, qu'il prendrait enfin soin d'elle?

Elle aurait dû voir. Sentir. Deviner. Rien.

Il y avait si longtemps qu'il était à ses côtés sans être avec elle, qu'elle se contentait d'un goutte-à-goutte parcimonieux pour étancher sa soif, qu'elle avait assimilé la désolation à la perfection, sans même s'en rendre compte.

Il l'avait quittée avec la véhémence d'un homme qui voulait noyer son chien, et qui lui inventait une rage pour le jeter dans le puits.

Le puits était à sec. On ne noie personne dans un puits à sec, encore moins un chien, on le laisse tomber, et il se rompt le cou. À peine l'écho renvoyait-il un bref couinement de souffrance. À peine.

De l'entrée arrière de la maison, à travers la fenêtre, elle l'avait vu ouvrir des armoires, ramasser des objets, fouiller des tiroirs, empoigner des piles, à pleines mains voraces. Dans le soir qui tombait, à la lumière de la lampe jaune qu'elle avait achetée chez un antiquaire, imbibée du vin qu'elle n'avait pas réussi à recracher, elle l'avait vu pour ce qu'il était : un pilleur.

Elle s'était assise par terre, recroquevillée sur ses talons hauts, tapie, un chat qui vient d'être heurté de plein fouet par le pare-brise d'une voiture qu'il n'a jamais vue arriver.

— Va-t'en, va-t'en, avait-elle répété en chuchotant, je t'en prie, prends tout ce que tu veux, mais va-t'en ou je vais mourir.

Elle avait fermé les yeux et attendu la mort, les bras autour des genoux, le mascara dans la robe, petit félin fêlé. La mort non plus ne voulait pas d'elle. *I've died a hundred times, you go back to her, and I go back to black.*

En rentrant, elle avait trouvé la maison dévastée, jonchée de détritus, de poubelles renversées, de saletés, de trous dans le mur, poussière de plâtre et désespoir en bonus, une scène de crime.

Elle n'avait plus jamais eu de ses nouvelles.

Et au moment où pour la première fois elle allait vers un désir autre que lui, il retrouvait son chemin jusqu'à son cœur chancelant, dans ce café d'Ixelles, dans Bruxelles en état de siège, s'imposant d'emblée entre les images du corps de Matt sous l'eau et celles des chars de l'armée dans la rue.

Oui, c'était du Laurent tout craché. L'instinct de la rue, de la survie, et cette pulsion qu'il avait de tuer avant d'être tué qui ne le quittait pas. Il n'avait jamais eu besoin de la menacer de mort, il savait, depuis le début de leur rencontre, que ce serait lui qui l'infligerait, à sa convenance, au moment opportun.

— C'est moi.

— Je sais.

— J'avais un peu de temps, je voulais…

— Quoi?

— Prendre de tes nouvelles.

— Je…

— Tu vas bien?

Non.

— Ça va.

— J'entends du bruit autour de toi. T'es dehors?

— Dans un café.

— Tu travailles, tu écris?

Non. Je n'arrive pas à écrire depuis que tu es parti. Rien de bon. Je ne mange pas. Je ne dors pas. Je ne fonctionne pas. Tout ce que je trouve à faire de bien, c'est de prendre des avions pour aller retrouver des hommes qui ne me désirent que de loin.

— Oui. Tu es à Beijing?

Elle dont le flot de tout ce qu'elle avait voulu lui dire lui avait semblé un fleuve intarissable, elle n'avait plus en tête que des banalités géographiques.

— Shanghai. Je t'appelle de ma chambre.

Il était donc seul. Dans une chambre d'hôtel de Shanghai, une de ces tours fantastiques et vertigineuses au luxe ostentatoire, sans doute un rare moment où il n'était pas avec l'autre, sa soumise. Laurent sentait probablement le besoin de se garder encore une porte ouverte avec Catherine, au cas où Mary-Jan pas de « e » déciderait de rester avec son mari plutôt que de courir follement vers un parasite qui contrôlerait ses orgasmes et la viderait de son sang avant de la jeter comme un vieux chien au fond d'un puits à sec.

Sans doute.

Sur l'écran de son iPhone, l'appel était resté anonyme. Jamais Catherine n'a pensé que ça pouvait être lui. Jamais, si elle avait su, elle ne lui aurait répondu.

— Je suis à Bruxelles.

— Ah bon ? Qu'est-ce que tu fais là ?

De l'étonnement dans sa voix. Une fille vanille, ça ne saute pas dans un avion, ça ne quitte pas sa vie morne sur un coup de tête, ça ne prend pas la mer pour voguer vers de trépidantes aventures. Une fille vanille, c'est une Pénélope, installée comme une conne derrière son métier à tisser, en attendant qu'Ulysse daigne rentrer à Ithaque.

Mais voilà, un jour, Ulysse est rentré et c'était pour lui annoncer qu'il la quittait pour une sirène qui raffolait du contrôle de l'orgasme.

Alors Pénélope a regardé son métier à tisser et elle s'est dit: « Fuck that. » Elle a flambé une allumette et elle a regardé des années de labeur brûler, jusqu'à ce qu'il ne reste plus que des cendres, pour être bien certaine de ne pas être tentée de tisser à nouveau. Pour qui que ce soit. Elle a fait son sac, et elle a pris la mer.

Depuis, Ithaque est à l'abandon, vulnérable à tous les brigands, à tous les pilleurs, à tous les Laurent.

— Qu'est-ce que tu fais à Bruxelles?

— Je vends des livres, ceux que tu ne lis pas, ici, ils en veulent, je fais des signatures dans trois librairies, les meilleures.

— Je suis content pour toi.

Je suis content pour toi. Oui, Mary-Jan pas de « e » était avec son mari, et Laurent éprouvait un rare moment de vulnérabilité.

— Aux nouvelles, ils disent que la ville est en état de siège depuis les attentats de Paris.

— Oui. L'armée est partout, tout est fermé, les concerts sont annulés.

— Tes signatures aussi?

Catherine était contente d'avoir menti. Tout à coup, elle n'avait plus aucun scrupule, réconfortée par ce nouveau gilet pare-balles. Elle aurait dû mentir bien avant, et plus souvent.

— Non, c'est en après-midi, et le couvre-feu, c'est le soir.

— Je te souhaite que ce soit maintenu. Sincèrement.

Sincèrement. Quel étrange adverbe dans sa bouche de menteur compulsif.

— Je suis content d'avoir de tes nouvelles, tu ne m'en donnes pas souvent.

— Tu m'as fait du mal.

— Je sais.

Il y a eu un silence. Catherine pouvait presque entendre la rumeur chinoise au loin. Il avait été prévu qu'ils aillent ensemble à Shanghai. Ils s'étaient quittés à Beijing, et elle avait cessé de dormir.

— Tu es toujours avec ta…

— Oui.

— Ah. Elle a quitté son mari.

— Oui.

— Pour toi.

— Oui.

Une fierté dans la voix de Laurent : « Elle a quitté son mari *pour moi*, et je contrôle ses orgasmes. » Il possédait maintenant quelque chose de grisant, le pouvoir absolu.

— Alors pourquoi tu m'appelles ?

— Pour… je ne sais pas. Pour prendre de tes nouvelles. Pour m'assurer que tu vas bien.

— Je ne vais pas bien.

— Ça va passer.

Un agacement dans sa voix. Laurent ne tolérait pas de se sentir coupable de quoi que ce soit.

— Qu'est-ce que tu en sais ?!

— Ta vie n'est pas finie !

Il avait crié, aussi sec qu'un patron qui donne un ordre à un subalterne. Des milliers de kilomètres entre Shanghai et Bruxelles, et Catherine pouvait sentir la charge agressive transpercer ses tympans et se rendre jusqu'à ses entrailles. Ce n'était pas son bonheur à elle qu'il voulait, c'était se sentir libre de vivre le sien sans remords et sans regret.

Catherine a eu envie de crier à son tour : « Je suis à Bruxelles parce que je suis venue rejoindre Matt, il me fait l'amour comme jamais tu ne m'as fait l'amour, on est amoureux, on est heureux, enfin libres de s'aimer depuis que tu n'existes plus. »

Ça n'aurait pas été vrai.

Il faut croire que je ne suis pas si douée que ça pour le mensonge.

Mon document encore vierge il y a quelques heures s'est transformé en amant insatiable : plus, plus, toujours plus, plus vite, les voyelles par-dessus les consonnes, l'orthographe en furie, et la syntaxe prise en hussard, je n'avais aucun contrôle sur le magma qui sortait. Une adolescente qui vomissait ses shooters avalés trop vite n'aurait pas fait mieux.

J'évitais de me demander « ce que c'était ». Une débâcle informe. Ou alors une saignée fatale. Je ne voulais pas le savoir.

De temps en temps, j'allais chercher un autre espresso, un sandwich, le barista me souriait : « Je vous apporte ça de suite, allez travailler, allez, vous êtes sur une lancée, je le sens. »

Il était gentil de m'encourager comme ça. On sous-estime l'importance des inconnus qui vous servent des cafés chauds avec la conviction que vous êtes en train de pondre un chef-d'œuvre.

L'alerte rouge venait m'interrompre entre deux jets de bile, de sueur et de sang : Matt.

« Tu veux qu'on se retrouve quelque part pour dîner ? »

Non.

« Tu veux qu'on aille courir tout à l'heure ? »

Non.

« On pourrait aller dans la forêt de Soignes, il y a souvent des chevaux. »

Non.

« Tu aimes ça, les chevaux. »

Oui.

« Alors viens, il faut que j'aille courir. »

Je. Je. Je. Vas-y, toi. Tu, tu, tu.

« Non, je veux y aller avec toi. »

Matt… qui ne m'aimait jamais autant que quand je lui disais non. Moi, qui n'avais envie que de dire oui. Comment avions-nous pu imaginer pouvoir vivre une histoire – même aussi brève qu'une toute petite semaine de six jours, rognée de son dimanche – tous les deux ?

Il y avait eu le désir, ce fouteur de merde.

« Tu rentres à quelle heure ? »

C'est une question de mari, ça. Je ne sais pas à quelle heure je rentre, mon amour. Jamais. Je te lègue mes dentelles et mes robes, toutes destinées à te séduire, et tu vois, c'est un échec grandiose, anyway, quand je serai morte, je n'en aurai pas besoin.

« Tu n'as pas de clé pour rentrer si je veux sortir. »

Voilà qui résumait parfaitement la situation, et qui n'exigeait aucune réponse de ma part.

Dix-sept pages, sept sauvegardes et cinq cafés plus tard, Matt m'écrivait de nouveau :

« Viens me rejoindre à l'appartement, je veux te présenter quelqu'un. »

« Ta sœur a du travail, ai-je répondu, et le barista, ce futur grand éditeur, semble persuadé qu'elle est sur une excellente lancée. »

Je n'avais pas pu m'empêcher. De façon prévisible, il a mis du temps à me répondre, concoctant sans doute une réponse de diplomate aguerri.

« Je n'ai pas honte d'être vu avec toi. Et si tu veux que je te présente comme Ilsa la louve des SS qui a fait de moi son boy toy, as you wish, ma fille, c'est toi qui décides. »

J'étais intriguée. Matt Lewis était un homme plein de surprises. Je ne l'ai pas questionné sur l'identité de ce quelqu'un. J'ai sauvegardé mon document pour la huitième fois, je me suis levée et je suis sortie du café. Dehors, il faisait déjà indigo, et la rue dévalait son tapis de pavés désunis sous mes pas, jusqu'à la grotte d'Inge Vaneker, la femme aux mille coussins.

J'ai poussé la porte bleue.

Les deux hommes se sont tournés vers moi en même temps.

Matt, dans sa chemise élimée couleur vomi qu'il portait depuis dix ans et qui lui donnait le teint d'un tuberculeux, la barbe pas faite, les cheveux en épis et le cerne inquiet, et un jeune homme en chemise blanche immaculée qui ressemblait au petit prince du swag, dessiné par une styliste de cinéma qui aurait beaucoup écouté Nick Cave.

On ne pouvait pas trouver plus différents que ces deux-là. L'un de roc et de poussière, l'autre d'écume et de soie fine.

Matt est venu vers moi, il a pris mon sac d'ordinateur, et m'a embrassée avec la légèreté d'un colibri, l'œil narquois : « Tu vois, même pas honte. » Mon Barbe Bleue avait soigné l'ambiance et allumé les lampions en guirlandes qu'Inge avait installés pour faire ressortir les nuances chatoyantes de sa collection de satins et de brocarts. C'était la première fois que je voyais Matt soigner l'éclairage, ça devait être important.

Matt m'a désigné l'autre homme.

— Fred, je te présente Catherine.

L'inconnu s'est extirpé du sofa aux mille coussins, déployant ses longues jambes, pattes de tarentule, avec la grâce d'une bête qui se sait superbe. Il m'a tendu sa main, sèche et ferme.

— Matt m'a dit que tu écris des livres et qu'ils sont excellents.

Accent québécois, pur Montréal des beaux quartiers. Le pantalon de toile bien coupé, la chemise blanche aux manches roulées qui laissaient voir les bracelets indiens, le tatouage d'inspiration innue, la bague en argent massif, les boucles longues et désordonnées sur la nuque, tout de Frédéric disait qu'il soignait son facteur hip. Que faisait-il à Bruxelles en pleine ambiance de fin du monde?

— Ils sont… je ne sais pas s'ils sont excellents.

— Il faudrait que je les lise, apparemment.

— Frédéric est réalisateur, est intervenu Matt.

J'ai jeté un regard à Matt, le cœur traversé par un poignard. Pour se sentir coupable au point de vouloir me rendre riche, c'est qu'il ne voulait vraiment pas de moi.

Lui, parfaitement inconscient que je l'avais deviné jusqu'à la moelle, me souriait d'un air encourageant. Je me suis demandé comment un homme qui savait si bien négocier avec des guérilleros dans une jungle colombienne pouvait être aussi débile en ce qui avait trait aux relations humaines de la vie ordinaire.

Il faut dire que, l'ordinaire, il ne savait pas faire. Je me suis tournée vers Frédéric:

— Ce n'est pas nécessaire de les lire.

Vite, changer le sujet de la conversation.

— Qu'est-ce qui vous amène à Bruxelles?

Le petit prince du swag a regardé l'homme à la chemise couleur vomi, le sourire assuré de celui qui n'a pas l'habitude qu'on lui dise non:

— Lui.

J'ai interrogé Matt du regard, il a baissé le sien, embarrassé.

— Non, mais tu tournais des images au Parlement européen, t'es pas venu juste pour moi.

— Disons que le stock-shot du conseil de l'Europe me permet de justifier le billet d'avion jusqu'ici. Je profite de l'occasion.

Frédéric s'est tourné vers moi, sans l'ombre d'une inquiétude:

— J'ai proposé une série documentaire sur les grands reporters de guerre, j'ai demandé à Matt d'être mon premier sujet.

Good luck, Charlie.

— Ah?

— J'ai dit oui à une consultation, a grommelé Matt en se servant une grande rasade de Ricard.

— Tu ne peux pas me dire non. Matt Lewis, l'homme de tous les conflits, la plume dans la plaie vive, personne mieux que toi n'incarne l'essence même du journalisme de terrain.

Au visage mortifié de Matt, j'ai su qu'il souffrait le martyre juste à entendre cette description, à des années-lumière de la façon dont il vivait son métier, c'est-à-dire dans une fuite éperdue de sa propre vie. Qu'il était hors de question qu'il se laisse filmer, encore moins par un type dont la prétention n'avait d'égale que l'élégance. Qu'il avait dit oui à cette rencontre dans un seul but : me présenter quelqu'un qui avait le pouvoir d'adapter un de mes livres pour le cinéma.

Pour se dédouaner de ne pas savoir livrer ce qu'on s'était promis.

J'ai mesuré l'ampleur de ses remords à mon égard juste à cette rencontre qu'il s'était infligée avec ce garçon qui était tout ce qu'il détestait : la suffisance, la superficialité, l'arrogance.

Bien évidemment, il se rendait compte à cet instant que rien de tout ça n'allait fonctionner, que c'était la pire idée du siècle, et qu'il nous avait tous les deux foutus dans la merde.

Je pense que je n'ai jamais autant eu pitié de lui qu'à ce moment-là. Ma main s'est posée sur sa nuque, transgressant toutes les mises en garde et autres menaces de mort. Je le touchais, devant quelqu'un d'autre, avec toute l'affection dont j'étais capable. Tant pis pour lui.

— Vous voulez vraiment qu'on sorte ? Je pourrais nous préparer quelque chose…

— Non. Toi, tu fais rien, m'a coupée Matt, d'un air déterminé.

Il ne veut pas le garder ici…

Pauvre Frédéric, qui n'était pas désiré lui non plus. Un peu plus, je le prenais dans mes bras en lui disant : « Je sais ce que tu vis, mec, c'est dur, très dur, et ça n'ira pas en s'améliorant, plus tu vas essayer, plus il va te fuir. »

J'ai évité le fou rire de peu. Et nous sommes sortis, le dandy, la brute et la désertée, dans Ixelles la menacée.

Ils ont marché longtemps tous les trois, en quête d'un restaurant ouvert, au patron assez fou pour défier Daech, les autorités belges, et la soif de trois énergumènes en quête de désir réciproque. Ils se sont retrouvés chez un Grec, dans Flagey. Le garçon, très angoissé à l'idée de mourir jeune, les a placés devant la vitrine, espérant sans doute que les trois Québécois serviraient de cibles de choix en cas d'attaque.

La seule attaque a été celle de l'ail dans le tzatziki, et des sulfites dans un rouge égéen qui arrachait tout sur son passage. Ils en ont bu beaucoup.

Tout en élaborant sa théorie d'un complot de la CIA pour expliquer l'effondrement des deux tours du World Trade Center – comment justifier, n'est-ce pas, toutes ces incohérences d'ingénierie si ce n'était du fait d'explosions planifiées et maîtrisées de l'intérieur –, Frédéric plongeait son regard azur, si bleu, si empreint de « passion », dans celui de Catherine, persuadé qu'elle était la clé de son sésame avec Matt.

Catherine ne pouvait que constater que, plus Frédéric essayait de lui plaire, plus Matt était attentif à elle, dans une sorte de sursaut viril de l'homme qui ne veut pas de son jouet, mais qui s'agace tout de même qu'un autre veuille s'en emparer.

C'était vieux comme le monde, bien entendu, et elle n'était pas dupe de ces manœuvres qui doivent plus à l'ego qu'au désir. N'empêche. Jeanne Moreau entre Jules et Jim, le tourbillon de la vie qui grinçait son charme imbattable sous l'aiguille du tourne-disque, c'était sans conteste le moment le plus agréable depuis son arrivée à Bruxelles.

Elle n'allait pas s'en priver.

À la fin du second litre de vin rêche, désespéré de ne pas retenir l'attention de Matt, Frédéric proposait une collaboration à Catherine. Un projet de série pour la télévision qui serait tournée dans le Grand Nord, à Kuujjuaq. Plus il lui parlait d'identité inuit, de racisme et des ravages du colonialisme blanc, plus Catherine entendait toutes les phrases ravageuses que Matt retenait, son silence moqueur plus éloquent que n'importe quel sarcasme, laissant ce pauvre garçon pavaner ses grands principes moraux comme Bernard-Henri Lévy son foulard de soie sur les charniers du monde. Sous la table, elle sentait le genou de Matt frôler le sien pour ponctuer chaque énormité énoncée avec une belle certitude par ce beau gosse qui se pâmait chaque fois qu'il prononçait le mot « charnier », et elle en profitait sans retenue.

Et puis, à la fin d'une diatribe sur le fait que le gouvernement norvégien avait lui-même commandité les meurtres d'Utoya à travers le cerveau dérangé d'Anders Breivik, Frédéric s'est levé pour payer l'addition de ce souper mémorable. Matt a souri à Catherine, les yeux plissés en fentes narquoises :

— Il est mignon en Batman du kodak, qui prend la pose au-dessus de Gotham à la dérive.

— Cesse.

— Le muscle altier, le profil soucieux, il a besoin qu'on sache qu'il a une âme.

— Cesse.

Mais elle riait, se cachant le visage dans les mains pour que Batman ne se rende pas compte qu'ils riaient de lui, et que Matt, jamais au grand jamais, ne se laisserait filmer de profil, le regard tourné vers un horizon de décombres, les deux pieds dans un camp de réfugiés.

Il était hors de question que ça arrive, et il n'y avait que Frédéric qui l'ignorait encore.

En attendant, son grand reporter de guerre s'amusait comme un petit fou. À tel point qu'elle a dû lui donner un coup sous la table pour l'empêcher d'exprimer sa joie avec trop d'exubérance.

Ils ont quitté le restaurant dans un état d'ébriété bienfaisant, bras dessus, bras dessous, les deux hommes encadrant Catherine, protégée du froid par leur chaleur respective.

Et c'est avec un empressement qui ne devait rien au désir charnel qu'ils ont largué Frédéric devant son hôtel.

— On se revoit très bientôt, a dit le petit prince du documentaire engagé, imbibé de vin et d'espoir d'aller à Cannes avec la future vedette de ce qui serait un film « criant de vérité et sans compromis ».

— Oui, a dit Matt, sans rire. On se revoit bientôt, n'oublie pas de lire les livres de Catherine, ils sont excellents.

Ils se sont retrouvés seuls sur le trottoir, le bras de Matt toujours sous celui de Catherine. Il ne l'a pas retiré, et ils sont rentrés sans se hâter.

— Tu vas lui dire oui, pour la série sur les Inuits ?

— Non.

— Ça te ferait de l'argent.

— Ce serait une supercherie, tu le sais. Et puis, il me fait peur.

— Mais non, il est con, mais il est pas méchant.

— Il a eu une éducation de gosse de riches. Il n'a pas souffert. Il n'a rien perdu d'irrémédiable. Il ne connaît pas le prix du deuil, ça le rend…

— Avide de la tragédie des autres.

— Oui. Je veux pas cautionner ça.

— Mais tu ferais de l'argent.

— Je perdrais mon temps.

— Pas longtemps.

— Non, Matt. J'ai assez perdu, surtout du temps, ça suffit.

— Je suis content de constater que Pénélope a quitté Ithaque.

C'était ça, Matt et elle. Depuis leur toute première rencontre, c'était ça, cette même vision du paysage, cette reconnaissance des couleurs que d'autres ne voyaient pas. Comment pouvaient-ils être si lucides ensemble, et si aveugles l'un envers l'autre ?

— Oui. Il veut s'approprier des souffrances qui ne lui appartiennent pas, pour nourrir son image de Batman ténébreux sur le bord de la corniche, il s'invente une mythologie à travers d'autres vies que la sienne, mais il n'a pas payé son dû.

— Ça fait chier, hein, ceux qui veulent pas payer leur dû ?

— Ça fait chier, oui.

Elle a posé sa tête contre l'épaule de Matt. Très court, très doux, juste assez pour qu'il ne recule pas, juste assez pour lui signifier que c'était bon de le retrouver comme avant.

— On est pareils tous les deux, Catherine.

Pas toujours, Matt. Pas toujours.

Mais elle a gardé le silence, de peur de rompre le moment, enfin parfait. Ils étaient à nouveau complices, sur la même note, faite de mille nuances, parfaitement en accord. Devant l'appartement d'Inge, il a poussé la lourde porte de bois d'un coup d'épaule, et pour une fois depuis son arrivée, Catherine n'a pas eu de réticences à le suivre dans l'antre d'Ixelles.

Cette nuit-là, dans le lit dont le mitan se creusait en rivière, tu m'as prise comme un truand qui récupère son butin, un chien qui pisse sur son territoire. Je t'ai laissé faire parce que je te voulais et que ton besoin, égoïste, de mâle dominant qui refuse de céder un millimètre à un petit prince des beaux quartiers, c'était mieux que rien.

C'était au moins ça.

L'aube a trouvé Matt de l'autre côté du lit, à la limite de la chute, recroquevillé en boule dure et compacte, en bon soldat qui protège son ventre, sa poitrine et son sexe, le plus loin de Catherine qu'il était possible de l'être.

Délicate, elle s'est levée sans bruit, et elle a pris une douche, en espérant qu'il la rejoindrait dans la cage de verre. Il n'est pas venu.

Quand elle est sortie de la douche, le corps entouré d'une épaisse serviette, le lit était vide. Elle s'est habillée, et elle a monté les marches de l'escalier, redoutant le retour de la lumière qui ne pardonne rien.

Il était en haut, au téléphone avec son bureau de Londres, occupé et préoccupé. Ou du moins faisait-il comme si.

Catherine a déchiré une feuille de son cahier : « Je pars travailler au café. »

Matt a hoché la tête, distrait.

Tiens, a pensé Catherine en poussant la porte vers la rue, *il a oublié de dire « Si tu ne rentres pas, je te tue »*.

Ils étaient déjà un vieux couple.

Elle a travaillé toute la journée, sans interruption. Les mots coulaient comme un fleuve en déroute, des flots malmenés par la tempête de ce qui avait été sa vie depuis des mois. Depuis des années. Depuis toujours.

Catherine savait qu'elle aurait dû travailler sur ses commandes, ces mots obligés qui payaient le loyer. Elle en était incapable, emportée par le courant, trop fort pour songer à résister. Qu'est-ce qu'il y aurait au bout ? Un rivage soyeux, une chute qui lui serait mortelle ?

Va savoir.

Dans la vraie vie, tout était calme. Pas d'arrestation intempestive, pas de téléphone de Shanghai, pas de rencontres insolites, et aucune alerte rouge sur Messenger.

Et puis, tout à coup, un message. De lui. Elle l'a ouvert, le cœur battant.

« J'ai fait les courses, tu peux rentrer maintenant. »

On était loin de tous ces « Tu portes ta robe bleue, celle qui te moule de si près que j'ai envie d'y mettre la lame des ciseaux et de tout ouvrir crack crack, tes cheveux sont relevés en chignon flou, je te prends là, dans les marches de l'escalier, la chambre est trop loin, et moi trop pressé, tout ce que je veux c'est m'enfoncer dans toi».

Il avait écrit ça, un jour qu'elle était loin de lui. Et elle l'avait cru. Parce que c'était vrai.

Aujourd'hui, elle était là, à quelques centaines de mètres à peine, sa robe bleue roulée au fond de sa valise, trente-sept pages de phrases drues au fond de son disque dur, et aucune envie de retrouver un homme qu'elle avait pourtant désiré à s'en fendre le ventre.

En sortant du café, j'ai perdu connaissance.

Alors que je descendais Louise en direction de l'antre d'Inge, Bruxelles s'est mise à se décomposer devant mes yeux, emportée par un tourbillon de carrousel qui s'emballe. Pendant quelques secondes, j'ai fixé les deux hommes qui gardaient l'édifice devant moi, mitraillettes aux hanches.

Respire, respire, profond, concentre-toi.

Je suis passée devant eux, regard fixé sur l'horizon, en quête d'un point d'ancrage qui m'éviterait de tanguer comme une femme soûle. Au-dessus des corniches argentées, j'ai cru voir une silhouette noire qui volait de toit en toit, agile fantassin de la révolte, Batman néonazi ou soldat de Daech, va savoir, ils sont tous pareils.

Quelques mètres plus loin, à l'entrée d'une porte cochère, le manège s'est emballé. Je me suis réfugiée à l'abri de la rue, agrippée à la pierre du mur, j'ai vu une ombre massive venir vers moi et la marée noire m'a emportée.

Quand je suis revenue à moi dans un canapé moelleux, un rugbyman roux à la mâchoire tenace et au teint d'homme qui ne craint ni le soleil ni les vapeurs du malt posait sur moi des yeux pervenche pleins d'inquiétude.

— Hey, hey, there you are. You got me worried, luv'.

Cet accent. De mon brouillard nauséeux, j'ai tenté d'identifier d'où pouvait venir Rugbyman. Trop de cailloux roulaient dans sa gorge pour qu'il soit britannique.

— New Zealand, Australia ?

— Whot ?

— I'm trying to figure out your accent.

Rugbyman s'est mis à rire. J'ai fermé les yeux, moins parce que la tête me tournait que parce que j'avais envie de l'entendre encore un peu et que je ne voulais pas l'interrompre. Il y avait longtemps que je n'avais pas entendu quelqu'un rire de si bon cœur, et c'était un ruisseau bienfaisant sur la raideur angoissée des derniers jours.

— I'm Irish. From Belfast.

Irlande du Nord… Tout s'explique.

— What happened ?

— You fell into my arms.

Right.

— I thought you were drunk, but then I saw you were way too pale to just be drunk. And you didn't smell like you'd had too much to drink.

— I just fell ?

— You… were stumbling and you passed out right over there. Down you crumbled, boom, in dog piss and Brussels' cobblestones. I caught you just in time. I couldn't just let you lay there in my alley and do nothing, could I?

Toujours cet air inquiet dans un bon gros visage d'homme de granit et de grands vents. Il avait un cou de taureau, rouge et musclé, trop puissant pour sa pauvre chemise dont le bouton du haut menaçait d'exploser. Et malgré la coquetterie du pull de cachemire qu'il portait par-dessus sa chemise, tout son corps palpitant cherchait à s'évader de ses vêtements d'homme d'affaires pour enfiler des bottes de pêche et une gabardine déformée par le temps.

J'imagine que n'importe qui d'autre que lui m'aurait laissée à terre.

— I'm sorry.

— Don't be, luv'. You gave me the perfect excuse not to show up at that awful business dinner. With the tube not working, and the fucking army everywhere, traffic is bloody hell.

Il affichait un air radieux en prononçant le mot « hell », quatre lettres dans lesquelles cet homme taureau était dans son élément.

— I'm Alan.

— I'm… thirsty.

— You want some water?

— Got anything stronger?

— That's my girl. Stay put.

Alan s'est relevé et j'ai vu que Rugbyman méritait le surnom que je venais de lui donner. Des épaules à rentrer une armée offensive dans un mur, une carrure massive, des jambes de lutteur et des paluches à la poigne de bourreau qui donnaient pourtant l'impression qu'il pouvait saisir un papillon par les ailes sans lui faire de mal. À mes pieds, il y avait mon sac, avec mon ordinateur et son pauvre contenu qui n'intéressait personne.

Alan de Belfast avait ramassé une inconnue dans la rue, et ce n'était pas pour la voler.

The kindness of strangers.

Un instant plus tard, il s'agenouillait devant moi, ses sourcils feu de broussaille toujours en circonflexe, sa main de bourreau tenant délicatement un verre de whiskey. La rasade aussi généreuse que son cœur d'homme qui ramasse les filles effondrées.

— You're not pregnant are you?

Enceinte? La possibilité était si absurde que j'ai éclaté de rire.

— I mean, you could be, with the fainting and all. My ex-wife used to faint all the time when she was pregnant with the boys.

Il y avait des années que je n'utilisais plus de moyens de contraception. Depuis la mort de ma fille, j'avais abandonné toute prudence, et en onze ans de vie commune avec Laurent, je n'étais jamais tombée enceinte. Les possibilités que je le sois maintenant étaient à peu près nulles.

Quoique.

Le film de mon amant milanais s'est mis en route. Je revoyais ses belles mains constellées des brûlures de l'arc à souder, abîmées, mais si impatientes de moi, si vivantes pour m'agripper par les hanches et m'attirer encore plus à lui lorsqu'il se sentait partir, son torse glabre et lustré au-dessus de moi, mes cuisses autour de ses reins ambrés, son jeune visage de bandit en fuite, et ses cils soyeux qui se fermaient sur ses yeux noirs au moment de l'orgasme. Nous nous étions tant aimés, dans l'abondance du désir et toutes les déclinaisons du charnel, lui et moi. Ce jeune soudeur, avec qui j'avais eu des relations hors latex, tout comme avec Matt d'ailleurs, était sans doute doté d'une semence fraîche et vigoureuse qui avait très bien pu traverser quelques obstacles.

Mourir du sida, je m'en foutais, raison de plus pour sauter d'un pont, m'engouffrer dans le fleuve, enfin une excuse valable. Enceinte ? Ça ne m'avait pas traversé l'esprit. J'avais un fils de vingt-trois ans, une seule trompe fonctionnelle, et elle se dirigeait vers la sortie. Ce serait ridicule.

— No, of course not, no, no. I'm… too old.

— Are you ?!

Alan fronçait des sourcils épatés et incrédules.

— You don't look a day older than ninety-three if you ask me.

Voilà un homme qui savait tourner un compliment à une femme.

— See, how could a ninety-three-year-old be pregnant ?

— Well, you are a woman, I guess you could always be.

Ah. Of course.

L'Irlande, tout entière imprégnée de sorcières, d'elfes et de croyances mystiques macérées dans le whiskey. Pays de brume et de tourbe où le rêve détrônait la réalité, même quand elle tentait de s'imposer de force, dans le sang et les bombes.

— I guess I could. But I hope not. Now, are you gonna give me that drink or what?

Il a poussé le verre d'ambre dans ma direction et j'ai avalé la première gorgée de lave, au diable les embryons d'un hypothétique miracle. La planète était suffisamment dans la merde, même si je m'étais fait engrosser par le divin, il était hors de question que je mette un enfant de plus au monde.

Même un enfant de Matt ?

J'ai vidé le reste du verre, cul sec, et l'alcool a tué d'un coup cette question qui exigeait de demeurer sans réponse.

Alan s'est empressé de remplir nos verres à nouveau. Il n'a pas eu l'ombre d'une hésitation, ne m'a pas demandé mon avis, il a versé le feu dans nos verres et il a trinqué : « We ourselves, and fuck the British army. »

Oui, les hommes de Belfast sont des champions artificiers, le Sinn Féin aurait été fier de lui. Une, deux, trois rasades plus tard, la terre avait cessé de tourner, et je me sentais assez forte pour partir.

— I'm going to escort you to your hotel, if you don't mind. I don't trust that body of yours to stand on its own, you're too skinny.

Pas d'ambiguïté, juste une préoccupation sincère de me voir atteindre ma destination en toute sécurité.

Safe.

Pourquoi fallait-il que ce gaillard aux pommettes tatouées par le single malt vienne se glisser si aisément dans ma répugnance habituelle à accepter les offrandes ? Ma défaillance dans la rue, l'alcool, ma faim d'être aimée ? Je ne sais pas. Mais à lui tout seul, il venait d'être la cavalerie à la rescousse, chevalier solitaire de mon évanouissement, espion irlandais infiltré en territoire intime. Alan, our man in Catherine.

— I'm not staying in a hotel. I'm staying with a lover who does not want me and I don't know what to do.

J'ai vu le regard de mon chevalier se teinter de perplexité.

— What do you mean, he does not want you ? You had a fight ?

— I wish we'd had a fight.

Oui, si on s'était crié après, au moins, il y aurait eu quelque chose, de la vie, de la passion, de l'énergie. Là, tout ce qu'il y avait, c'était du rejet. Poli, embarrassé, empêtré dans des phrases convenues qui visent à faire le moins de dégâts possible, des miettes à une mendiante, mais au fond, c'était pire : je ne pouvais même pas me défendre.

Il avait fallu qu'un rugbyman de Belfast me ramasse dans la pisse de chien pour que je prenne la pleine mesure de l'impact de la gifle : volontaire ou pas, elle cinglait.

Alan a plongé son regard de basset alcoolique dans le mien :

— I have to ask.

— Go on.

— Why don't you go to a hotel?

Il était doué pour les questions à mille piasses, le gars de Belfast.

— I don't know. No. I do know.

— What is it?

— I'm afraid I'll hurt his feelings, he'll be mad at me, and I can't stand more pain.

Alan a hoché la tête. Il y avait du découragement dans ces larges épaules qui venaient de s'affaisser sous le poids de mon aveu.

— Women...

— What?

— We're so used to seeing you strong all the time, we never think you'd be afraid to hurt us. Women in my family are tougher than anyone I've ever met in my life. When I was a boy, every time we went to school, we didn't know if we'd stumble upon a rifle, a bomb, or death itself.

Il a versé une autre rasade.

— My Mum did not cry when she went to the morgue to identify my brother. I have three cousins in prison, one for life. Every woman

I knew in Belfast when I was a child has blood in her life. Sometimes, they're the ones who provided the guns. Those ISIS guys, they haven't met an Irish mother, if they had, there would be no ISIS.

Il a frappé son large poitrail de centaure de la paume véhémente de l'homme qui rectifie les faits.

— We, *my people*, have been raised in humiliation, in anger, in defeat, and we fought and we rebelled and we stood. We still stand, we live, for fuck's sake, we are Irish. And then ISIS comes along, never giving a flying fuck about who did what – il prononçait «whot» – before them, like they fucking *invented* terrorism, and they think they can scare *us*?! They have nothing on us. Nothing.

Ayant ainsi rétabli la vérité, il a versé encore. Bu encore. Son regard s'éclaircissait de plus en plus, encore trois verres, il serait translucide.

— What kills me is the way you women, with all the losses in your lives, you still manage to think about us. Men, who are always to bloody stupid to express any of our feelings, and who hurt you the most with our bloody dumbass frickin' fuckin' coward silence.

Il a vidé ce qui restait d'or dans nos verres. Nous avons bu sans trinquer, emmitouflés d'alcool. Et puis, sans le moindre vacillement, l'élocution claire, il m'a tendu son bras en forme de jambon, enveloppé dans du cachemire.

— Up, I will take you home to that weak arse-
hole you call «your lover».

Nous avons quitté son appartement magnifique,
un appartement de fonction, fourni par la multi-
nationale qui l'employait, et nous sommes sortis.
La lourde porte de métal ouvragé s'est refermée
derrière nous. Nous étions libres. Et magnifiquement soûls.

Nous avons marché à pas lents jusqu'à Lesbroussartstraat. Lui, tenant mon bras, glissant
son immense paluche de rugbyman sous ma taille
chaque fois qu'il me sentait hésitante. Moi, abandonnée contre son corps armure, protégée du
vent, du froid, et du black-out intempestif.

Et puis, devant nous, il y a eu les militaires. Je
ne sais pas combien ils étaient, s'ils existaient pour
vrai ou s'ils n'étaient que le mirage de mon sang
contaminé par le whiskey au parfum de tourbe
des falaises d'Irlande du Nord.

J'ai senti Alan se tendre contre moi, le corps
belliqueux, exhalant le parfum puissant de l'af-
frontement et de l'appel aux armes. Les soldats
se sont instantanément tournés vers lui, mitraillette en alerte. Des chiens qui se reconnaissent
à l'odeur de la haine, et qui montrent les crocs.

Je me suis arrêtée de marcher, et je l'ai retenu
par le bras.

— Alan.

— I can't stand them. Soldiers. I hate them.

— I love you.

Il m'a dévisagée, sidéré.

— Whot?

— I love you. Please kiss me. Don't look at them, don't go there, stay with me. Kiss me. I love you, I love you, I love…

Et il m'a embrassée. Pour me faire taire. Un long baiser rugueux, avide, impétueux, excédé. Un baiser d'homme qui part en guerre et qui sait qu'il n'en reviendra pas.

Il a tourné les talons et il s'est enfui, loin de mes bras, loin des soldats, son corps de rugbyman féroce propulsé en avant par la force du souffle de la colère.

Je l'ai regardé disparaître dans la nuit, sa silhouette massive de plus en plus ténue dans l'obscurité. Et puis, Alan de Belfast, enragé de naissance, rescapeur de filles tombées au combat, n'était plus là. Disparu en mer.

J'ai fait le reste du chemin toute seule, tanguant un peu, encore sous l'effet de son étreinte et de l'alcool. Devant Joly Frais, l'épicerie tenue par la mère de Thomas, le migrant d'Henryville qui élevait des chevaux dans une ferme aux bâtiments peints en rouge, le rideau de fer s'est déroulé au son du métal qui claque, mettant pommes, poires et fromages fins à l'abri des terroristes pour la nuit.

Demain, ces biens précieux seraient à nouveau offerts à la tentation des affamés, mais ce soir, la poire était en sûreté.

Je ne pouvais pas en dire autant de moi.

Devant la porte bleue, rue Lesbroussart, j'ai hésité, dans l'espoir imbécile que « quelque chose » se passe pour m'empêcher d'entrer.

N'importe quoi.

Un piano qui tombe du ciel, des coulées de lave qui dévalent et m'avalent, un terroriste qui fasse enfin son devoir au lieu de proférer des menaces en l'air.

Oui. N'importe quoi.

Le ciel ne m'a pas entendue. Mes souhaits n'ont pas été exaucés, et Ixelles ma belle affrontait la menace islamiste dans le calme et le charme discret d'une bourgeoisie qu'aurait vénérée Buñuel.

J'ai poussé la porte de l'entrée commune des trois appartements. Débarrée. Puis, l'autre porte, celle qui donnait sur Matt.

Il travaillait, penché sur son ordinateur, les épaules courbées, vêtu d'un kangourou gris trop grand et de son cuissard de course. Il s'est retourné vers moi, un verre de Ricard presque vide à la main. Il avait bu déjà, le regard flou, retiré dans ses terres, hors d'atteinte.

Je ne sais pas si c'est l'alcool, Belfast, ou l'accumulation de ces mille et un rejets des derniers jours, mais j'ai enfin eu l'impression de le voir.

Tout seul.

Vulnérable, tout effrité d'avoir manqué d'eau, incapable de laisser entrer la pluie dont il avait tant besoin, et son verre de Ricard presque vide.

Tu ressemblais à un de ces hommes qui suintent la solitude dans les tableaux de Hopper. Un verre de Ricard à la fois, tu avais érigé un mur de Berlin autour de toi et tu te promenais avec, en bon petit soldat qui ne sort pas sans sa veste pare-balles.

Qu'avaient-ils donc fait de toi, les autres hommes, pour que tu sentes si fort la nécessité de te protéger de tout, et même d'une fille format nain de jardin qui ne demandait pas mieux que de pouvoir t'aimer quelques jours, sans conséquence, sans autre but que celui de se faire un peu de bien ?

Comment un homme, constitué de sang, d'eau et de gélatine, se laisse-t-il phagocyter par le kevlar, de plus en plus seul sur son île, hors d'atteinte ?

En quoi étais-je donc si dangereuse ? Pas de ceinture d'explosifs sous mes jupes, pas de mitraillette, pas même un rasoir. Mes seules armes étaient mes seins, mon cul, mes mains, et ce pauvre cœur, usé jusqu'à la trame, que j'exposais à tout vent, comme une pute qui se solde. Quels magnifiques perdants nous faisions, toi et moi.

— Tu as bien travaillé ?

— Oui.

Je ne savais pas exactement sur quoi j'avais bien travaillé, mais je disais la vérité : j'avais bien travaillé.

— Toi ?

— Je retourne en Somalie.

Il venait de se lever de sa chaise, direction la bouteille de Ricard.

— Mais tu m'as dit que...

Haussement d'épaules qui se voulait désinvolte. Raté.

— Personne ne veut y aller.

— Matt...

Il a balayé mon objection du revers de la main. L'autre était occupée à verser l'or jaune qui rend brumeux dans le verre à moutarde.

— Des seigneurs de guerre, un pays en loques, des gens qui crèvent partout, pas un seul bar décent, et toutes les histoires ont été racontées.

Je savais qu'il s'en allait s'abîmer, encore un peu plus, et qu'il y retournerait, jusqu'à la désintégration. Aucun espoir à l'horizon ? Formidable, on fonce dans le tas.

— Quand tu dis que toutes les histoires ont été racontées...

Naissance d'un sourire en coin, qui affichait la fierté de celui qui connaît ses forces, et qui sait qu'elles le perdront.

— C'est pour ça que c'est à moi qu'ils ont demandé. Je suis leur homme pour les causes désespérées.

— Faudrait qu'on cesse de dire oui aux causes désespérées, Matt.

— C'est là-dedans qu'on est bons, non ?

— Oui.

Au passage, l'embrasser sur la joue, avec une délicatesse toute conjugale.

— Tu sens l'alcool.

— J'ai bu du whiskey.

— Sans moi, a-t-il rétorqué, le sourcil chiffonné.

Il ne voulait pas de moi, il ne voulait pas que je sois sans lui.

— T'étais pas là.

L'espace de quelques secondes, être tentée de lui raconter l'évanouissement, l'Irlandais, et le baiser. Et puis, non. Les aventures extraconjugales, c'est un jardin secret, il n'est pas toujours bon dans un couple de tout se dire.

— L'armée est partout dans Bruxelles.

— Oui, ils fouillent Molenbeek avec le zèle des nazis dans le ghetto de Varsovie. Tu veux un Ricard ?

— Oui.

— Prends le mien, je vais m'en faire un autre.

D'office prendre les quelques gouttes d'anesthésiant qui restaient dans le verre tendu. J'ai déposé mon sac, mon ordinateur bourré de mots qui ne voulaient rien dire, et je l'ai suivi dans la cuisine. Il avait fait les courses et les avait déposées sur le comptoir : un sac de riz, des champignons, des lardons, un bloc de parmesan et du vin blanc. L'étiquette de la bouteille, un truc qui s'était inspiré d'une affiche de Toulouse-Lautrec, n'annonçait rien de bon. Comme d'habitude.

— On mange un risotto, c'est toi qui le fais, et après on va au cinéma.

Matt ne vivait bien que lorsqu'il avait le contrôle, ça le sécurisait de penser que c'était lui le boss. Je m'ennuyais de Frédéric tout à coup.

— J'imagine qu'on ne peut pas revoir Frédéric tout de suite.

Matt m'a décoché un regard empreint de curiosité.

— Tu l'aimes ?

— J'aime l'effet qu'il te fait.

Sa main s'est aussitôt dirigée vers la bouteille de Ricard, empoignant le premier verre qui traînait sur le comptoir. Vite, fuir.

C'était un bon plan, se concentrer sur la cuisson lente et minutieuse du risotto, puis s'évader de l'appartement pour aller s'asseoir devant des images inventées.

— Il y a le Denis Villeneuve, place Stéphanie, *Sicario*, tu l'as vu ? Sinon, y a le dernier James Bond.

Trente minutes de marche, c'était parfait, ça nous ferait une heure de plus à éviter d'être seuls dans le repaire d'Inge. La perspective d'aller au cinéma m'a rappelé la vieille femme du café, son menton relevé, son regard digne et frondeur : « En tout cas, moi, ce soir, je vais au cinéma. »

Elle avait dû connaître l'occupation allemande.

— Hier, il y a eu une arrestation devant le café où je travaillais. Un jeune Arabe.

Matt a interrompu la fabrication de son Ricard pour se tourner vers moi, le regard aiguisé, tous ses réflexes de journaliste en alerte.

— Ah? Ils ont rien dit aux nouvelles.

— Ils l'ont embarqué en tout cas, et il y avait tout l'arsenal, les chiens, les mitraillettes, le camion.

— Ils se seraient dépêchés de l'annoncer si ça avait été une arrestation importante.

Oui. Sans doute.

— Laurent a téléphoné.

Un frémissement dans les épaules de Matt. Il a avalé une longue gorgée de Ricard, un homme assoiffé.

— Il s'en est passé des choses, hier.

— Oui.

— Et tu ne m'as rien dit.

— Je te le dis maintenant. Hier, on a bu beaucoup de vin grec avec un grand réalisateur. Ça m'a fait oublier de te raconter ma journée.

Il a esquissé un quart de sourire entendu, histoire de manifester qu'il n'était pas dupe de ma parade.

— Tu lui as dit quoi?

J'ai feint de ne pas savoir de qui il parlait.

— À qui? Ah, à Laurent. Rien. Que j'étais ici.

— Cath…

— Quoi?

— Si un jour vous revenez ensemble, je veux pas qu'il sache que…

— Que…? On fait rien, Matt. Tu m'as écrit, tu as senti que j'étais malheureuse, tu as eu peur que je fasse une bêtise, alors tu m'as envoyé un billet d'avion pour que je puisse me reposer, dormir, prendre des vacances, changer d'air. Tu fais ton devoir d'ami, rien d'autre.

— Tu voulais faire une bêtise, Catherine?

— Je voulais en faire plusieurs. J'arrête pas de vouloir faire des bêtises, la preuve, je suis ici avec une valise bourrée de dentelles explosives qui ne feront aucun mort.

— Sois sérieuse, s'il te plaît, réponds-moi. Tu pensais à mourir?

Mourir.

Catherine y pense depuis qu'elle a neuf ans. Depuis sa mère qui tourne le dos à l'indicible, les deux mains dans l'eau sale de la vaisselle du dimanche soir. Comme si de rien n'était. Comme si l'homme limace dont elle s'est éprise n'était pas en train de s'exciter l'érection entre les cuisses juvéniles de sa fille, juste derrière son dos, comme s'il allait de soi qu'après le gâteau à l'ananas il faille reprendre une part de dessert dans la chair d'une fille pas même pubère.

Il suffirait de peu de choses pour que la mère vienne au secours de sa fille : qu'elle fasse pivoter son gros corps mou de méduse inerte. Cent quatre-vingts degrés. C'est tout ce que ça aurait pris. Qu'elle se retourne. Qu'elle regarde. Trop d'effort, sans doute. Alors la mère reste là, les mains plongées dans l'eau savonneuse, attentive à bien décoller les oignons noircis de la casserole de fonte, jusqu'à la récurer à la perfection, jusqu'à ce que sa fille ne soit plus vierge. Il faut toujours bien laver la vaisselle, sinon c'est sale, alors les mères laissent mourir leurs filles sans frémir, une assiette à la fois. Ça vaut si peu, la vie d'une fille.

Depuis, la mort est là, compagne fidèle, des bons et des mauvais jours, parfois discrète, toute légère dans ses chaussons de danse, parfois bruyante dans ses bottes à caps d'acier, ça dépend de ses humeurs, mais elle est là, loyale, la main toujours offerte : viens danser, Cath.

Il y a eu des accalmies, des pauses, des trêves dans notre tango échevelé, à elle et moi : mon amour avec Antoine... une évidence dès le moment où nous nous sommes serré la main dans ce grand restaurant lumineux de la rue Ontario, Au Petit Extra. Une force qui nous enveloppait comme une couverture de grand-mère, tricotée à la main, une curiosité déjà insatiable, un désir qui ne cherchait même pas à se cacher.

Toi. Moi. Une évidence. La mort avait reculé, s'inclinant devant le poids lourd de notre amour qui voulait déjà dominer le ring.

Tu m'avais dit : « Je vais venir te chercher, je vais t'emmener chez moi à la campagne, tu vas voir, c'est beau. »

Ça l'était.

Et en bas de l'escalier de bois de ta maison construite par les loyalistes, tu avais mis tes mains sur ma taille et tu m'avais embrassée, de tes lèvres charnues d'Indien des plaines.

— On en avait envie tous les deux, je crois, m'avais-tu chuchoté tout de suite après, alors que tu savais la réponse.

— Oui.

Et on s'était embrassés, encore et encore, jusqu'à ce que tu me portes dans ton lit. Du premier coup, on effaçait toutes les horreurs de nos enfances de marde, du premier coup, on faisait l'amour.

On faisait l'amour, et on gagnait sur eux, les monstres. On était encore vivants, on savait encore aimer, ils ne nous avaient pas détruits, ils n'avaient pas démoli notre désir d'aimer, et d'être aimés.

Il y avait de la vengeance dans notre amour, si fier, si éclatant. Il ne nous suffisait pas d'être heureux, il fallait prouver que nous étions de la trempe de ceux qui écrasent leurs bourreaux.

On l'a fait beaucoup, l'amour. Chaque jour était une course à l'extraordinaire, un feu. Il y a eu des écorchures, des fuites et des dérobades, mais au milieu, toujours, ce grand brasier qui crépitait jusqu'au ciel sur les rives sablonneuses d'une rivière du nord.

Toi. Moi.

Un jour, je suis entrée dans son bureau alors qu'il jouait une partie d'échecs contre un

Kasparov virtuel. Il a levé les yeux vers les miens et il a su, juste à ma façon de lui sourire, de ne pas m'avancer tout de suite vers lui, histoire qu'on se fasse le plein d'éternité au sein de ces secondes précieuses, il a su, oui, que j'étais enceinte de lui. Nous allions avoir un enfant, lui, l'orphelin martyrisé abandonné par sa mère, violenté dans toutes ces familles qui n'avaient d'accueil que le nom, et moi, la gamine violée, oubliée par son père, détestée par sa mère, qui avait eu cent ans avant d'avoir neuf ans.

On avait triomphé.

— Tu es enceinte…

— Oui.

Tant de lumière dans ses yeux si noirs. Moi qui m'avance vers lui, son bras qui glisse autour de ma taille pour m'attirer contre lui, me lover sur ses genoux, me faire sienne. Sa main qui cherche ma nuque et m'attire à sa bouche pour me murmurer : « Mon petit chat. » Nos respirations, notre silence, notre amour. Et ce moment-là, éphémère, si bref, où la beauté a fait un pied de nez magistral à la laideur du monde.

Oui, il y avait eu des drapeaux blancs entre la mort et moi.

Matt me fixait toujours des yeux au-dessus du cumulus de son Ricard.

— Tu parles qu'il va acheter ça.

— Qui ça ?

— Laurent. Il ne va pas y croire, à ton histoire sur nous, il est pas con, il sait que.

Il s'est arrêté brusquement. Je savais bien pourquoi... Il ne voulait pas nommer l'attirance qui
avait toujours flotté entre nous, parfois si subtile
qu'il fallait y enfouir le nez, parfois manifeste,
quand nous étions entourés de gens et que, protégés par tous ces témoins qui nous empêche-
raient de passer à l'acte, le désir nous échappait
malgré nous.

— Que ?

Je voulais qu'il le dise à voix haute : « Laurent
est pas con, il sait qu'on a toujours eu du désir
l'un pour l'autre. »

Matt a haussé les épaules, biaisant, se faufilant,
snorounant, comme il savait si bien le faire, un
cheval qui bucke devant l'obstacle.

— Vous allez revenir ensemble.

— Non.

— Voyons, Catherine, pour n'importe qui, vous
étiez le...

— Le quoi ?

— Le couple parfait.

Ah ah. Putain qu'il pouvait être con, des
fois. Si brillant face aux grandes affaires de ce
monde, si crédule devant les petites. Valait mieux
en rire.

— Non, tu te trompes, on était tout sauf le
couple parfait. Il aimait être vu avec moi, il aimait
les avantages d'être avec moi, il a peut-être eu,
par moments, de l'affection pour moi, mais il n'a
jamais été amoureux. Je n'ai jamais été la femme
qu'il aimait.

Que c'est humiliant d'admettre qu'on a été utilisée, que c'est déchirant d'avouer qu'on n'a pas été aimée. Tout à coup, le cours de l'action est en chute libre, vite, vite, vendre avant de tout perdre. Dans le regard de Matt est alors passé quelque chose que j'aurais préféré ne jamais voir : de la compassion.

J'aurais donné ma vie pour qu'il me prenne sur le bout de la table comme un soldat qui viole, tout, n'importe quoi plutôt que de la compassion, ce truc de merde qui ne fait qu'enfoncer le mal dans la gorge.

J'ai commencé le risotto : le beurre, l'oignon, le riz, le vin, le bouillon. Faire la cuisine, c'est aimer. Ou fuir.

Je sentais le regard de Matt sur moi, silencieux, en quête du mode d'emploi. Il n'y en avait pas.

Il a rempli mon verre de vin. Je n'ai pas dit « merci », tout entière à la délicate tâche d'ajouter le bouillon tiède sur le riz sans cesser de tourner la cuillère de bois dans le cercle vicieux de la lente cuisson.

— Tu vas revoir Frédéric ?

— Tu voudrais qu'il te débarrasse de moi ?

— Je voudrais qu'il te lise, je voudrais que tout le monde te lise, que tu sois enfin célèbre et que tu m'invites à manger dans un grand restaurant qui m'obligerait à acheter une chemise décente. Je m'habille comme un clochard, c'est lamentable.

— Oui.

Il s'attendait à une protestation, du moins pour la forme. C'est son truc pour charmer, il s'autoflagelle, les filles disent : « Mais non, voyons, tu exagères, tu es très beau avec cette chemise », il s'en sort toujours, c'est la règle. J'ai désobéi, je serai exécutée. Ou pas.

— Si terrible que ça ?

Je l'ai vexé.

— Oui. J'ai rarement vu quelqu'un mettre autant de mauvaise volonté à faire un effort vestimentaire. Mais tu peux te le permettre, tu es Matt Lewis, grand reporter de guerre, tout ton glamour est dans ton street cred, les gars qui s'habillent comme des princes veulent faire des films sur toi, alors tout va bien. Ça baigne. Oublie Frédéric, c'est pas moi qui l'intéresse, c'est toi.

— Oui, mais moi, il ne m'intéresse pas.

Il disait ça avec la désinvolture de celui qui se sait riche d'être désiré.

— Je sais, j'ai vu. Il y a quelqu'un qui t'intéresse ?

Ça ressemblait à une attaque. Il l'a bien senti, et il a reculé, vidant son Ricard.

— Tu veux dire à part les damnés de la terre dont je rapporte l'histoire et que je ne reverrai jamais sauf dans un écran ?

— Pardon… c'est mal sorti, je ne voulais pas dire ça.

— Mais si, tu voulais dire ça.

J'ai vu dans la dureté soudaine de ses yeux que je l'avais blessé. Tant pis. Tant mieux. Pardon, je te demande pardon.

— Donc, ça prendrait quoi pour qu'un film se fasse avec un de tes livres ?

J'ai ajouté une autre louche de bouillon tiède. Touille, baby, touille.

— Que mon prochain soit un best-seller. À travers le monde.

Il a hoché la tête, pensif. Et j'ai fait des huit avec ma cuillère de bois dans l'onctuosité d'un arborio cultivé dans un marais de Camargue.

On a mangé en silence, face à face, la fourchette dans le crémeux du riz, et la télé ouverte entre nous. Entre le vin et les copeaux de parmesan, les décombres d'Alep.

Surveiller les avions. Suivre la fumée. Se repérer dans les volutes de poussière. Fouiller les décombres. Extirper les morts. Rescaper les vivants. Ajouter une louche de bouillon. Lever la tête vers le ciel. Surveiller les avions.

À la guerre comme au risotto, il fallait suivre le protocole.

Toute la journée, Malik a guetté le son de ses pas sur le sentier de gravier qui menait à l'annexe. Il n'a entendu que les babillements de l'enfant qui jouait dans le jardin. Par une fine incision dans le tissu du rideau qui blindait les fenêtres, juste là où la planche de bois pressé n'était pas parfaitement ajustée, il y avait une éclaircie vers l'extérieur, une fente vers la liberté. De là, Malik a observé la gamine quelques instants. Brune et velue, elle avait hérité des traits ingrats de son père, ce qui contrastait avec sa tenue rose à l'effigie d'une princesse blonde à qui elle ne ressemblerait jamais. Assise à même le sol, dans l'herbe jaunie de l'automne, elle enfilait des perles de plastique sur ce qui semblait destiné à être un collier.

Et puis, elle s'est mise à crier en s'agitant, sa main potelée frappait son bras, tentant désespérément d'y écraser l'insecte venu perturber son sentiment de sécurité.

Malik a eu envie de la frapper. Qu'elle se taise, qu'elle se taise donc, cette sale teigne criarde !

Sam n'aurait jamais crié pour une guêpe, jamais, Sam était sa sœur, Sam était une petite guerrière.

Et il l'avait laissée derrière.

Je vais revenir, se répétait-il, *je vais revenir, je ne l'ai pas laissée seule, je ne suis pas son père, elle n'a pas besoin de moi.*

Menteur. Elle ne voit que toi, elle n'aime que toi, et tu ne reviendras pas.

À la centième pompe, il avait presque réussi à se convaincre que c'était pour elle qu'il voulait devenir un héros. Pour que sa sœur guerrière puisse vivre dans un monde libre et affranchi de la domination d'une civilisation corrompue où régnaient les despotes, les parvenus et le sang vicié de ceux qui s'étaient maintenus au pouvoir trop longtemps.

Le bien triompherait du mal, et eux, les opprimés, les méprisés, seraient vengés.

Le silence était enfin revenu dans la cour désertée. Quelqu'un – *elle* – s'était emparé de l'enfant et avait fait taire ses cris.

À midi, avec la soupe et le pain, Malik a entendu un son très doux, à peine perceptible, un velours endormi, des pas légers, épousailles entre le cuir de ses chaussures plates et la poussière de roche.

Il a monté le son de la télévision pour éviter d'avoir à lui parler, pour éviter la tentation de chercher son poignet délicat, brièvement découvert par le mouvement.

Il a senti son parfum à travers celui de la soupe, ça lui avait coûté cent pompes et la brûlure de ses épaules, déchirées par l'effort.

Il a jeté la soupe dans les toilettes, et il s'est contenté du pain.

Bilal est venu déposer un manuel d'instruction pour l'assemblage d'armes automatiques, des M16 américains, et un autre pour des lance-roquettes M79, fabriqués en ex-Yougoslavie dans les années 1980. Quelques charniers plus tard, la Bosnie liquidait les stocks à la grande braderie du terrorisme artisanal. Bilal a ramassé le plateau vide.

— Tu aimes la cuisine de ma femme?

— Ça va.

— Tu la trouves fade?

— Non.

— Moi je la trouve fade. Tout ce qu'elle fait n'a pas de goût. C'est pas ce qu'on m'avait vendu quand on me l'a proposée, on m'avait juré qu'elle était bonne. Je vais lui dire de te mettre un tube de harissa.

Malik a refusé d'un geste de la main, effrayé. Il ne voulait pas se sentir responsable de plus de meurtrissures derrière le voile.

— C'est pas nécessaire, c'est très bon.

Bilal lui a décoché un regard incisif.

— Tu lui parles?

— Non.

— Et elle?

— Non plus. Merci pour les manuels.

— Apprends-les par cœur.

— Quand est-ce que je pars?

— Bientôt.

Et Bilal a refermé la porte derrière lui, avant d'enclencher le verrou qui faisait de Malik un prisonnier.

À la nuit tombée, alors que tous les démons revenaient en force, la porte s'est à nouveau ouverte, à peine un grincement, à peine un voile d'humidité, et le parfum de ses cheveux à travers la crudité de novembre. Derrière la fenêtre illuminée de jaune du pavillon, Malik pouvait voir la silhouette de Bilal, moitié faucon, moitié dragon, qui les guettait.

Dans le plateau qu'elle a déposé devant lui, il y avait un tube de harissa pour accompagner l'agneau saignant sur le riz. Et un flan au caramel qui sentait le lait, la pistache et la cardamome.

Tête baissée, il a murmuré tout bas « choukran » en souhaitant qu'elle ne l'entende pas.

Elle lui a tourné le dos pour se diriger vers la porte. Malik a senti les répercussions des coups que Bilal lui avait donnés juste à la façon délicate, un artificier qui redoute de tout faire sauter, qu'elle avait de mettre un pied devant l'autre.

Surtout ne pas trahir la douleur.

Bruxelles, la nuit, s'était vidée sous la menace des bombes, haletante comme une femme mouillée que son amant vient de déserter.

Ils marchent en direction du cinéma de la place Stéphanie, enfants abandonnés dans la forêt par les indignes. Sur le chemin où ils ne sèment aucun caillou, des chars d'assaut verts et gris, des soldats d'ébène et de crème, des mitraillettes indolentes, qui ne dorment que d'un œil, silhouettes guerrières à l'affût dans une ville sous tension, à fleur de peau, vibrante.

Tout de ce monde sous menace invite à sauter sur l'occasion, de peur que ce ne soit la dernière, à tout donner, à tout abandonner. Demain n'existe pas.

Ils marchent l'un à côté de l'autre, sans se tenir la main, « Je n'aime pas les démonstrations d'affection publiques », tout près l'un de l'autre, plus loin que lorsqu'il y avait un océan entre eux.

Quelques rares passants se hâtent, col remonté dans un dérisoire geste de protection contre l'humidité glaciale et la menace à peine voilée de cet

État policier qui les guette. Les mesures de sécurité ont été renforcées afin d'assurer la protection des citoyens, l'État vous protégera de gré et de force.

Matt contourne les autres humains, habile et vif, sans jamais se retourner.

Il doit être comme ça en zone de guerre, se dit Catherine. Habile et vif, capable de tout abandonner derrière lui. « Il ne faut pas hésiter, lui avait-il dit un jour, soit t'arrêtes, soit t'avances, si tu hésites, t'es mort. »

Dans Bruxelles l'assiégée, entre les chars d'assaut, les soldats et les mitraillettes, Matt n'hésite pas, il avance.

Autour d'eux, lustrées et scintillantes, les vitrines regorgent de produits de luxe, de chemises taillées sur mesure, de parfums rares et de jouets fabriqués à la main. Opulence des hautes castes, incitation à la révolte des intouchables.

Catherine s'arrête devant la vitrine du magasin de jouets, une merveille aux mille tentations. Au milieu, en impératrice trône une voiture à pédales, d'un bleu royal éclatant. Ce n'est pas un jouet, c'est un fantasme de retour à l'enfance, une ode à la joie, une invitation au voyage.

Dans les rues de Bruxelles la déserte, de Bruxelles aux pavés noir corbeau, une petite flamme blonde, de cet ocre pâle qu'elle tient de sa mère, dévale l'avenue Stéphanie au volant d'un bolide bleu : Amalia.

Le cœur de Catherine saute un coup, éclaté de mille bombes à fragmentation. Chaque fois, elle s'étonne de retrouver son souffle, d'emplir ses poumons d'oxygène, de vivre.

Sa fille, si elle avait vécu, aurait été fantasque et fluide, un mercure qui s'évade. Elle aurait parcouru le monde sans hésitation, à l'abri des abrasions, de l'amertume et des coups, une vie libre comme celle de Matt.

Non, pas comme la vie de Matt, qui arpente les rues noires, les mains enfoncées dans les poches, tête baissée et qui ne rêve que de retourner à la casse, là où ses débris sont en pays de connaissance, entourés d'autres débris, ses amis.

Une vie libre, c'est une vie où l'on ne peut faire autrement que de s'exposer, les joies, les déchirures, on ne peut pas chipoter, il faut tout prendre, tout accepter.

Tout. Ou rien.

Tout à coup, Matt était près d'elle.

— Tu pleures.

— Non.

— Tu ne veux plus aller au cinéma ?

Je veux ma fille.

Elle ne l'a pas dit, juste pensé.

— Oui, je veux aller au cinéma.

Voir des images inventées, des images de fuite, des images refuges.

Ils ont poursuivi leur chemin. Croisé une petite chatte grise à la dégaine de Piaf, un vieux qui faisait sa marche en marmonnant: « C'est l'occupation, c'est l'occupation » et quelques rats, tout heureux d'avoir la ville à eux.

D'une fenêtre ouverte s'égrenaient le piano aérien du *Take Five* de Dave Brubeck, les caresses scintillantes des cymbales, et ce saxophone qui se retient, revient et s'abandonne.

Catherine s'est arrêtée de marcher, puisant dans la musique un émerveillement qui lui avait fait cruellement défaut ces derniers jours. Elle a senti le corps de Matt derrière elle, sa présence qui ne sait pas sur quel pied danser.

D'accord, on y va, surtout, ne cédons pas au charme du moment, il pourrait nous être fatal.

Ils ont tourné le dos à la musique, en quête de néons et de grandes avenues qui tuent. Le silence était revenu. Au coin d'une porte cochère, ils ont entendu des pleurs et ils ont ralenti le pas, inquiets de ce qu'ils verraient au détour du mur de pierres grises.

Des amants. Lui, échevelé d'argenté, redingote ouverte, elle, longue et fine, plaquée contre le mur, l'une de ses cuisses pâles relevée sur les reins de celui qui la tenait si près de lui qu'il semblait vouloir se fondre en elle, disparaître dans la chevelure désordonnée de cette femme. Elle enfouissait sa tête contre sa poitrine pour mieux la relever et lui offrir sa bouche, son souffle, et la caresse d'une paume amoureuse qui n'aimait que lui. Parfois, elle offrait son profil de femme désirée à la rue, ni jeune ni vieille, hors du temps, et ruisselante de larmes. Elle pleurait, et lui, de ses mains éperdues, tentait de contenir l'océan. Ils ne se rendaient compte ni l'un ni l'autre qu'ils étaient observés, renversés par l'amour, buttés au fond du précipice, en apesanteur.

Catherine la première s'est détournée, en silence, soucieuse de ne rien briser. Et elle a vu. Le visage de Matt; défait, douloureux. Ces amants étaient tout ce qu'il désirait sans savoir comment y arriver.

C'est pour ça qu'il m'a fait venir, il a cru que je pourrais le contaminer, lui transmettre cette fièvre incurable, et je n'y arrive pas, je ne suis pas assez contagieuse, pas assez puissante, pas assez, jamais assez.

Catherine s'est emparée de sa manche, l'arrachant au spectacle, il fallait fuir, vite, vite, les amants épouvantails.

— Viens.

Ils se sont sauvés, le cœur battant, et ils ont marché d'un pas urgent jusqu'au cinéma. Sur des affiches géantes, le *Sicario* de Denis Villeneuve triomphait, juste à côté de Daniel Craig et de son James Bond, marquise éteinte.

Des soldats montaient la garde, fusil d'assaut à la hanche.

— Pas de représentation? a demandé Matt.

— Tous les lieux de rassemblement sont fermés jusqu'à nouvel ordre. Rentrez à votre hôtel, monsieur.

Trop soucieux d'échapper au danger de l'intimité, ils n'avaient pensé ni l'un ni l'autre que le cinéma pouvait être un lieu d'attentat comme les autres. Que ce serait fermé. Derrière Matt, Catherine a frissonné, saisie par le froid cru de la nuit.

— Tu veux qu'on essaie de trouver un endroit où prendre un verre? a demandé Matt.

— Oui. Comme ça, on sera certains de ne pas être en tête à tête.

C'était sorti sans préavis, sa ligne Maginot de plus en plus perméable.

— Dis pas ça.

— C'est vrai.

Il l'a alors prise par les épaules, devant le regard intéressé des hommes parés de fusils.

— Catherine, peu importe ce que ça donne, même rien, même si c'était juste nous, en amis, je ne regrette rien, et je suis content que tu sois venue.

Pendant quelques secondes, elle a été tentée de le croire. C'était un si beau discours, l'amitié, l'absence de regrets, tout ça, ce serait si réconfortant à entendre, elle ne désirait qu'une chose: y succomber.

Mais tu ne me désires pas, rien ne ressemble à notre amitié, et tout est violent.

Il fallait regarder ailleurs, fuir encore. Sur l'esplanade déserte de la place Stéphanie, une silhouette solitaire et immobile. Seules les ondulations légères d'une longue chevelure châtaine dans la brise humide indiquaient la présence d'une vie.

C'était une femme, vêtue d'une parka rouge. Elle tenait une pancarte surmontée d'un carton blanc. Pour quelle cause militait-elle? Contre quoi? Ça devait être une cause obscure pour que personne n'en soit solidaire à ses côtés en cette soirée froide de novembre.

L'inconnue avait-elle senti qu'on la regardait? Sans doute, car elle s'est tournée en direction de Catherine et leurs regards se sont croisés, tous deux en quête d'une miette d'espoir, brioche ou pain sec, ça n'avait pas d'importance.

Sur la pancarte, il y avait une photo. Celle d'un jeune homme, une de ces photos officielles d'étudiant lors d'une entrée en fac, ou à la remise d'un diplôme. Un jeune homme sage, aux cheveux noirs très courts et au visage sérieux.

Quelque chose de familier.

Catherine n'a pas osé s'approcher de plus près, mais le message, écrit au feutre noir, était limpide: «Avez-vous vu mon fils?»

Devant l'image de cette femme en parka rouge sur la place noire, les mots se sont mis à glisser les uns après les autres dans la tête de Catherine. C'était plus fort qu'elle, malgré elle, et elle savait, déjà, qu'elle s'emparait d'une vie qui n'était pas la sienne. D'où venait-elle? Qui était-elle? Où allait-elle?

Une femme seule, un soir de novembre, place Stéphanie.

À bout de bras, elle porte l'image de son fils disparu.

Elle n'a pas mangé depuis qu'elle a quitté Paris.

Elle n'a pas faim.

Elle n'a pas soif.

Elle ne sent pas la fatigue.

Juste la peur. Qui lui broie le ventre, et lui aiguise l'instinct. Contre toute raison, elle est montée dans le train.

Il le fallait.

Elle ne sait pas où elle passera la nuit. Elle sait qu'elle devra s'en aller, les flics l'ont avertie qu'elle ne pouvait pas rester là, elle a sorti de l'argent, elle ira n'importe où, à l'hôtel, elle trouvera n'importe quoi, le premier qui passe, il y aura de la place, personne ne se rue dans une capitale en état d'alerte maximale.

Demain, elle reviendra.

Ils ont couché dans le même lit, le plus loin possible de l'autre, s'évitant à en frôler la chute. Catherine a sombré dans de brefs épisodes de sommeil agité où les étreintes d'autres amants s'amalgamaient aux chats errants et aux mères qui cherchent leurs fils disparus.

Rêves enchevêtrés, images en rafales que le disque dur crachait à l'arme automatique, sans égard à son besoin de sommeil réparateur : celles de cette femme solitaire, place Stéphanie, son sac de voyage à ses pieds, de ce halo de lumière qui dansait autour de son visage fin sous la blancheur du carton, de son regard qui s'était ancré au sien.

Images de Matt qui se détournait d'elle, son dos en écran, mur de Berlin, poisson aux écailles glissantes dans la vase d'un lac pollué.

Échos égratignés par une aiguille usée de la voix de son fils, son bébé phoque tout seul sur sa banquise, dans ce taudis glacial où elle se fait défoncer à coups de poing, à coups de pied, un revolver sur la nuque.

« Dis-moi que tu m'aimes ou je te tue. »

Et toujours son petit qui se glisse et se faufile entre toutes les images. Son enfant. Qu'elle abandonne à sa détresse pour défier, toujours plus fort, toujours plus baveuse, celui qui cherche à la soumettre, une côte après l'autre. La lutte à mort est une arène où l'on va seul, tant pis pour les innocents.

Et la mort qu'elle supplie, comme on le fait à un amant qui s'éloigne : viens, prends-moi, emmène-moi avec toi, sauve-moi de cette vie que je ne veux plus affronter, je t'en prie, prends-moi.

Moi, je t'offrirai des perles de pluie, venues de pays où il ne pleut pas.

La mort s'en fout de tes perles, elle non plus ne veut pas de ta peau, démerde-toi, ma fille.

Dans un sursaut, taraudée par la peur de laisser un bébé phoque dériver sur une banquise, à la merci d'un chasseur, juste parce que je cherchais le goût du sang, j'avais fait pour mon fils ce que je n'aurais jamais fait pour moi : j'avais quitté le ring, et déserté le combat que j'aurais fini par gagner par knock-out ; celui qui m'aurait envoyée au tapis pour l'éternité. Une morte, un orphelin, et le plus faible des trois qui lève les poings en signe de victoire, champion du monde.

J'avais trouvé un appartement, un autre taudis, loin de celui que je quittais, assez loin pour échapper aux coups. Il était couvert de moisissures, ça n'avait aucune importance, j'avais dit « Oui, je le prends », j'avais pris le premier travail qui passait, couvert de moisissures lui aussi, mais il paierait le taudis : « Oui, je le prends. » Oui, oui, oui.

Il fallait partir, tout de suite, je réfléchirais plus tard. Mon manteau sur le dos, en sueur, j'ai poussé sur les bottes d'hiver du petit, vite, vite, il faut partir avant qu'il revienne, aide-moi, mon bébé, tiens tes jambes droites, *AIDE-MOI*. Tes beaux yeux noirs me fixaient en silence, tu savais qu'il ne fallait pas pleurer, que ça ne servait à rien d'autre qu'à perdre des forces, et tu as tendu tes petites jambes, du mieux que tu as pu, droites, droites.

Dans une valise de toile noire, j'ai entassé tes affaires d'enfant, trois robes assez propres pour mon nouveau travail, un chien en tricot bleu et blanc, celui de mon enfance à moi, que je n'arrive pas à jeter, je ne sais plus pourquoi, enfin si, parce que c'est tout ce que j'ai gardé de mon père, ce chien de tissu usé. La valise était trop petite, gonflée de nous, j'ai tenté de la fermer, de toutes mes forces de fille qui ne mange pas, qui ne dort pas, qui a deux jobs en même temps, de nuit, de jour, trois côtes cassées, une mâchoire qui ne fermera plus jamais sans me faire souffrir, et une invasion de globules blancs qui dégénère en hépatite. La fermeture éclair de la valise est restée coincée, il faudrait se sauver tel quel.

« Si tu me quittes, je te tue », avait-il menacé, une fois, vingt fois, cent fois.

Je savais qu'il le ferait. Que je le pousserais à le faire, jusqu'à ce qu'il bascule et me tue. J'en étais capable, fallait pas me mettre au défi.

« Si tu me quittes, je te tue. » Deal, mon homme.

Je l'avais quitté.

Ce salaud avait rompu sa promesse. Il ne nous avait pas retrouvés. Et moi, j'étais toujours vivante, les yeux grands ouverts dans le noir, à côté d'un homme qui avait frôlé la mort mille fois, et qui était toujours vivant lui aussi.

Pas de chance.

Dans l'annexe, Malik a compté les pas. Onze entre un mur et l'autre. Jusqu'à l'épuisement, jusqu'à croire qu'il arriverait à dormir. Le sommeil n'est pas venu.

Alors il s'est remis en marche. Ne pas penser monopolisait toute son énergie.

Toute la journée, il a espéré qu'elle ne vienne pas lui porter à manger, tant pis, il pouvait se passer de nourriture, il pouvait endurcir son corps au jeûne, il en serait encore plus fort.

Il ne voulait pas la voir, la sentir, se préoccuper d'elle, de sa mère, de sa sœur, il n'en pouvait plus des femelles qui alourdissaient tout. Avec Cédric, ils en parlaient tout le temps : il n'était pas bon pour des hommes d'être élevés par des femmes. Il voulait retrouver son père, son géant à qui il devait ses yeux verts et son désir de liberté. Sans se sentir responsable de qui que ce soit. Derrière sa bravoure, les autres seraient bien obligés de s'incliner et de lui reconnaître une valeur. On lui aurait dit qu'il était suicidaire, Malik aurait ri. Il ne voulait pas mourir, il voulait vivre en guerrier pour prouver à son père qu'il avait eu tort de l'abandonner derrière lui. C'était son os à gruger, prouver à son père que lui, son fils, aurait mérité qu'il reste, et qu'il fasse de lui un homme.

Dans la cour, la petite chantait la chanson de la reine des neiges, la chanson de Sam. Malik aurait donné sa vie, maintenant, tout de suite, pour qu'elle se taise.

S'il avait eu un couteau, il aurait ouvert sa peau. Il aurait regardé le sang perler à la surface, en même temps que le soulagement. Ses bras étaient couverts de cicatrices. *Je suis un Apache, un Sioux, un Pawnee.*

« Tu es kabyle, Malik, ne l'oublie pas, tu viens d'un peuple des montagnes du Nord, tu descends des Berbères et des marins bretons de l'Atlantique déchaîné, tu es fort, tu es résistant, tu sauras trouver ta voie, mon fils, j'ai confiance. »

Sa mère avait tant et tant essayé de lui inculquer la fierté de ses origines.

Elle n'avait réussi qu'à amplifier l'absence de son père.

À midi, Bilal est entré avec un plateau, et Malik a eu le souffle coupé de sentir monter en lui la déception que ce ne soit pas elle. Il a détesté l'homme au visage grêlé de cicatrices d'acné et à l'odeur de sueur virulente. Il puait à en donner la nausée.

Après le départ de Bilal, Malik a mangé : le pain, les boulettes d'agneau, le riz, la confiture de lait, la compote d'abricots. Il s'est fait un devoir de repousser le tube de harissa et de ne rien laisser dans son assiette. Pas un seul grain de riz. Il essayait de se persuader que c'était pour prouver à Bilal qu'il avait tort au sujet de sa femme, et pas pour lui signifier à elle qu'il était obsédé par le désir de toucher son poignet délicat, de soulever le tissu, de voir son visage.

Il fallait qu'il parte, qu'on lui donne ses ordres, très vite. La prison était trop exiguë, et la tempête trop grosse. Il ne tiendrait pas longtemps.

Toute la nuit, Matt s'était battu avec des fantômes inconnus, agité. Aux secousses familières du premier tramway de l'aube, il avait crié : « Arrête, mais arrête ! »

Catherine s'est rendu compte qu'il n'y avait plus de place pour reculer encore plus, pour respirer encore moins, et elle a fini par quitter le lit, déployant son corps ankylosé avec mille précautions.

C'est comme ça qu'ils doivent se sentir, les démineurs chargés de désamorcer les bombes sur les routes d'Afghanistan, le corps aux aguets, la respiration mesurée, contrôlant le moindre mouvement. Pas étonnant que certains finissent par se faire exploser volontairement, la tension de ne jamais savoir où mettre les pieds était intolérable.

Catherine a fouillé sa valise en silence en quête d'un cuissard et de son jersey du marathon d'Albany au milieu d'une abondance futile de robes et de dentelles. Toutes ces valises qui constellaient sa vie, qu'elle traînait jusque dans les cavernes de Barbe Bleue, elles étaient de plus en plus lourdes.

Un jour, bientôt, elle partirait sans valise, légère comme une plume.

Elle a gravi les marches une à une. Chaque craquement du bois évité était une victoire pour la fuite. En haut, elle a laissé échapper un soupir de soulagement, et elle a enfilé ses vêtements de course, il fallait qu'elle sorte, il le fallait.

Si sa valise n'était pas si près du lit, et qu'elle n'avait pas eu peur d'alerter Matt, elle se serait enfuie dans le premier hôtel venu sans lui dire au revoir.

La main sur le verrou, le cœur battant, elle a poussé la porte vers la liberté.

— Si tu vas courir sans moi, je te tue.

Goguenard, le pantalon de pyjama lorgnant ce V parfait en chute libre, Matt la toisait, la mettant au défi d'affronter ses menaces.

« Promettez, promettez, Sire, il sera toujours temps de ne pas tenir », disait le Grand Condé au jeune Louis XIV. En faisant des promesses qu'ils n'ont pas les moyens d'honorer, les hommes consomment l'espoir des femmes à crédit. Et quand la banque s'énerve, ils déclarent faillite, ou ils s'enfuient.

Matt n'a pas tué Catherine.

Au lieu de l'égorger, il l'a emmenée courir à la forêt de Soignes, une de ces magnifiques forêts uniques à l'Europe, ordonnée et paisible, à l'écart des menaces du monde et du chaos de leurs vies.

Dans une fine brume, indulgente aux nuits blanches, ils accordaient leur pas et leur souffle dans la boue des sentiers, fluides et harmonieux enfin, un arbre à la fois, dans la douceur d'un novembre qui se donnait la peine d'être doux, dans une forêt où ils n'avaient pas croisé un chat, pas un renard, pas un humain.

Libérés d'avoir à se regarder, ils vivaient la grâce de pouvoir se sentir l'un à côté de l'autre. Un moment d'accalmie, des retrouvailles avec ceux qu'ils avaient été «avant» l'incendie du désir. Ils échangeaient quelques mots parfois, des mots qui ne voulaient rien dire, des mots qui disaient «ne parlons surtout de rien qui nous fasse du mal».

— Je me demande si elle est encore là, a dit Catherine, au détour d'une phrase anodine.

— Qui?

— La femme d'hier soir, celle qui cherche son fils. Je me demande si elle est encore là, place Stéphanie.

— Pourquoi tu penses à ça?

Catherine fixait le sommet du sentier qui tortillait jusqu'en haut d'une butte. Le ciel était gorgé d'eau, gris souris, anthracite de soucis.

— Parce que je me demande ce qui lui est arrivé pour qu'elle se retrouve toute seule sur une place publique avec la photo de son fils sur une pancarte... Ça t'intéresse pas, toi? a-t-elle demandé à Matt en lui jetant un regard de côté.

À son silence, elle s'est bien rendu compte que le destin d'une inconnue anonyme n'avait aucun intérêt pour lui. Ce n'était pas une région entière enflammée par les seigneurs de guerre, un continent gangrené par la corruption, une épidémie d'Ebola.

Ce n'était qu'une femme seule qui avait perdu la trace de son fils. Il ne fallait pas avoir de recours pour se planter au milieu d'une place publique la nuit et afficher aux yeux du monde l'aveu de son échec à protéger son enfant.

— Tu crois qu'elle a signalé sa disparition ? a-t-elle ajouté, tenace.

— Je ne sais pas. Oui. La police a sûrement autre chose à faire que de chercher un gamin en fugue.

— Si mon fils disparaissait, j'aimerais sentir que ça préoccupe quelqu'un.

— J'imagine.

Il n'imaginait pas, elle le savait bien. Ce n'était pas sa faute. Matt n'avait jamais eu à s'oublier pour un enfant. On ne peut pas en vouloir à ceux qui ne sont jamais allés dans un pays de ne pas en connaître la langue.

Ils ont continué leur course en silence, soulagés de laisser leurs respirations prendre toute la place.

Les chevaux, noirs et lustrés, sont apparus à la crête d'un vallon, annoncés par la cavalcade sourde de leurs sabots sur la terre molle, impériaux. Les cavaliers qui les montaient semblaient tout droit sortis d'un film de Visconti, elle, sombre et délicate, lui, blond et la taille mince sous de larges épaules. Vision de cette Europe obèse de privilèges qui ne connaît des « autres » que la menace qu'ils représentent.

Catherine et Matt se sont effacés pour les laisser passer, sans qu'on les en remercie. Manants à qui on ne permettait que de humer au passage les effluves d'une noblesse aux notes de cuir, de sueur équine, et d'Hermès à la fleur d'oranger. Comment s'étonner que tant de beauté puisse engendrer tant de haine ?

Ils ont suivi le derrière ondulant des bêtes du regard, jusqu'à ce que les cavaliers disparaissent de leur champ de vision.

— Eux, Molenbeek, si c'était pas des nouvelles à la télé, ils sauraient même pas que c'est derrière l'écurie, a murmuré Catherine avec une âpreté que Matt ne lui connaissait pas.

— Eux, si tu veux mon avis, ils ont des tares génétiques qui favorisent la vision en tunnel et l'écoute sélective, a ajouté Matt.

— C'est sur eux que ton ami Frédéric devrait faire un film.

Elle avait insisté sur le mot « ami », sachant très bien que ça le hérisserait. Touché. C'était bon de savoir qu'elle aussi pouvait l'atteindre dans ce qu'il avait de plus sensible.

— C'est pas mon ami.

— Attends qu'il te filme dans un café de Kaboul, en train de prendre le thé avec des talibans, tu vas voir, ça va créer des liens, toi et lui, la nouvelle bromance rugueuse des hommes de terrain.

Il lui a décoché un coup d'œil en coin, détendu par le sarcasme. Si elle se foutait de sa gueule, tout allait bien. C'est Catherine fragile qu'il ne pouvait pas supporter.

— Lui, tu pourras le mettre dans un de tes livres.

— Qui, Frédéric ? Jamais de la vie !

Tu fais un meilleur personnage, Matt. Tu t'accroches à des certitudes qui s'effritent, t'es inquiet, angoissé, bourré de paradoxes, altruiste et égoïste, idéaliste et cynique, romantique et désabusé, et pas foutu d'aimer ni de te laisser aimer. Et puis, tu es moins beau que lui, tout le monde s'en fout des beaux gosses, ce qu'ils aiment, les gens, c'est des histoires avec des hommes pleins de cicatrices. Ce n'est pas le mal qui les intéresse, c'est la guérison. Ils veulent savoir comment font les autres pour survivre aux brutalités que la vie nous inflige.

— Je n'écris que des trucs de bonnes femmes, tu le sais.

Il a fait semblant d'être dupe, et il a quitté le sentier en direction du touffu de la forêt.

— Viens, on va aller faire des câlins aux arbres.

— Des câlins ?!

— Just watch me, « Matt Lewis enfin en phase avec ses émotions étreint un arbre ».

Ce qu'il a fait avec la ferveur d'un nouveau converti aux révélations mystiques qui permettent de retrouver la force tellurique en soi. En voyant la joue râpeuse de Matt – l'homme de terrain, ce grand reporter de toutes les guerres, l'aventurier laconique – contre l'écorce d'un hêtre, Catherine a eu un fou rire.

— Ça te va bien, d'exprimer tes émotions.

— Tu vois, je suis capable d'amour véritable.

— C'est sûr qu'un hêtre ça ne te remet pas en question.

Il a relâché son étreinte et levé le regard en quête de ciel.

— C'est pas un chêne ?

— J'ai lu que la forêt de Soignes était composée de soixante-dix pour cent de hêtres. Ou peut-être de frênes… ?

— C'est un érable d'Amérique, alleeeez, vous savez pas reconnaître un arbre de chez vous ?!

Derrière eux, campé solide sur son bâton de marche, un vieil homme riait. D'eux. Ils ont ri – un peu jaune, comme les feuilles de l'érable – avec lui, et ils sont repartis, à la course. Au moment où la lisière de la forêt annonçait leur retour à la civilisation, aux chars d'assaut et aux alertes terroristes, Catherine s'est tournée vers Matt :

— J'ai un truc à faire.

— Quoi ?

— Une vie à inventer.

— Tu veux que je vienne avec toi ?

— Non.

— Tu sais que si tu ne reviens pas je te retrouve et je te tue.

— Je les connais, tes promesses.

Elle l'a embrassé, sur la joue. Tout léger.

— Tu sais que si on s'était décidés à s'aimer il y a dix ans, comme on aurait dû, j'aurais eu un autre enfant. Il aurait été beau comme toi. Et intelligent comme moi.

À l'écroulement de l'expression de Matt, Catherine a su qu'elle l'avait frappé au cœur. Sa bombe artisanale à elle, destruction massive, ground zéro au milieu d'eux, à l'orée d'une forêt de chênes, de hêtres, de frênes, et d'un seul érable d'Amérique.

T'avais qu'à me faire l'amour comme du monde, mon estie.

Place Stéphanie, Bianca n'arrive pas à mettre le doigt sur l'instant précis où son fils est sorti de la protection de ses bras pour s'enfuir en direction du chaos et de la destruction. Non, elle n'y arrive pas, et ça la tue.

Aussi sûrement qu'une balle dans la nuque.

Il y a eu des signes pourtant. Maintenant ils lui sautent au visage comme des chiens enragés : les heures de plus en plus longues où Malik disparaissait sans explication, ou alors en restant vague, la soudaine obsession pour la musculation et les arts martiaux, sa chambre qui sentait la sueur en permanence, cette frénésie de kaki, de noir, de gris, cette petite barbe qu'il s'était laissé pousser, c'était la mode hipster, lui avait-il dit d'un air détaché, les filles adorent ça, maman, fous-moi la paix, sa distraction, ses impatiences quand elle le questionnait, ses humeurs sombres, sauf avec la petite, Sam arrivait encore à faire rire son frère, mais c'était bien la seule, et puis son téléphone, en permanence collé à sa paume, une extension de lui-même, et toutes ces alertes auxquelles il répondait, en se détournant, caché, préservant une intimité désormais secrète, tous les signes d'un mari infidèle.

Il vient d'avoir dix-sept ans.

Il ne fait pas froid sur Bruxelles ce midi-là, pourtant elle est transie, le corps agité de frissons, les mains raides de froid sur le bout de bois qui tient sa pancarte.

Un peu plus loin, un garçon au teint pâle ouvre le caisson de son étui de guitare. Les gens s'écartent, repoussés par un possible attentat. Le garçon pâle branche sa guitare sur son ampli, ajuste les cordes d'une arme qui n'a même pas réussi à retenir la fille d'hier soir, et d'une voix claire, au milieu du désert, il chante.

So there's longing in the shoulders now
There was a wildness in that time
Can't we now say
Oh sweet were the hours
But hours to find
There was no way to live in simple dreams
There was no straightness to our line
Gravel in hand
Darling, we're moving the mountains around

Bianca ne connaît pas *Rivers*, de The Tallest Man on Earth, elle ne sait pas qu'il est suédois, ni qu'il cite Bob Dylan et Billie Holliday dans ses influences les plus marquantes, elle n'a pas besoin de savoir tout ça pour sentir que la voix de ce jeune homme inconnu lui parle d'elle, de ses détresses, et de cet atome d'espoir qui reste.

Les passants traversent la place, entre la peur de mourir et la fureur de vivre. Tous, ils lèvent le regard vers le visage de son fils, placardé sur son carton blanc qui gondole sous l'effet de l'humidité. C'est un agrandissement de mauvaise qualité, elle a fait au plus pressé, quand cette image aura été détruite par la pluie, elle la remplacera par une nouvelle copie, intacte.

Jusqu'à ce qu'elle le retrouve.

À la gendarmerie, ils ont hoché la tête :

— Madame, êtes-vous certaine ?

— Oui, je suis certaine.

— Avez-vous des preuves ? L'adresse d'une mosquée qu'il fréquentait ? Son ordinateur peut-être ?

— Non, je n'ai rien trouvé.

— Des témoins de ses fréquentations ?

— Malik n'a pas beaucoup d'amis. Il y a Cédric.

— Cédric ?

— Cédric Raspail. Son meilleur ami depuis qu'ils sont tout petits. Il a disparu lui aussi. Monia, la mère de Cédric, croyait son fils chez moi, je croyais mon fils chez elle. Dans un tiroir, elle a trouvé des horaires de train pour la Belgique, et une clé USB, avec des vidéos.

— Des vidéos ?

— De combats et d'exécutions, en Syrie.

— Oui, mais sans preuves, vous savez…

— Des vidéos d'exécutions, pour des gamins de dix-sept ans, c'est pas des preuves ?

— Non.

— Mais ils ont disparu tous les deux !

Bianca a crié, sans le vouloir, ça lui a échappé, de peur, et de désespoir. Elle est terrifiée, et pourtant, elle ne dit pas tout. Elle ne parle pas des armes. Elle ne raconte pas la fin du message sur son répondeur, la voix de Monia qui se tait.

Elle veut croire à la possibilité qu'on retrouve Malik avant, préserver le désir fou qu'il puisse reprendre sa vie là où il l'a laissée. Il est trop tard pour Cédric, mais pour Malik peut-être pas, peut-être sera-t-il épargné. Il le faut. Une si jeune vie, de dix-sept ans à peine, ça ne se foudroie pas comme ça.

Les policiers ont enregistré sa déposition, ça ne devait pas être la première fois, ça ne serait pas la dernière. Ils l'ont assurée qu'ils prenaient ses préoccupations « très au sérieux » et qu'ils feraient le suivi dès qu'ils auraient pris le contrôle sur « les événements » des derniers jours.

Elle est sortie de là plombée de partout. Ils n'arriveraient jamais à temps, et Malik serait perdu à jamais. L'idée que son petit garçon dont elle avait soigné tous les rhumes puisse tuer des gens à la mitraillette lui paraissait absurde. Qu'il puisse en mourir, intolérable.

Elle a déposé la petite chez sa mère, trouvé une photo – la plus belle, celle où il avait le moins « l'air arabe », un bel adolescent, sérieux dans ses études, respectueux de sa mère –, elle a fait faire les agrandissements, sorti un peu d'argent, et est montée dans le train en direction de la Belgique.

Oui, c'est comme ça que ça s'est passé, elle n'a pas attendu, elle a pris le train tout de suite, elle est descendue au même arrêt que moi, Bruxelles-Midi. Elle a marché dans les traces de son fils, et puis, quoi ? Décide-toi, Catherine, il faut que l'histoire avance.

Bianca a passé la journée à Molenbeek à distribuer l'image de son fils disparu, son numéro de portable inscrit au feutre en dessous. Et puis, elle est montée dans le tramway, et elle a demandé au chauffeur quelle était la plus grande place de sa ligne : « Stéphanie », a-t-il répondu, surpris.

Très bien. Bianca descendrait place Stéphanie, et elle manifesterait. Toute seule s'il le fallait, jusqu'à la fin des temps s'il le fallait, jusqu'à ce que quelqu'un s'intéresse à elle, à son histoire, à son fils qui manquait à l'appel.

Elle a vu ça dans un film à la télévision, ça se passait en Argentine sous la dictature, sur une place de Buenos Aires, des femmes brandissaient des photos de leurs enfants disparus. À bout de bras, l'espoir au ventre, leur unique force, c'était d'être là, inamovibles, incontournables.

Est-ce la meilleure chose à faire ? Bianca n'en a aucune idée. Mais c'est la seule en son pouvoir, alors elle s'est installée au milieu de la place, avec son bout de bois, son carton blanc, et la photo de son fils en étendard, à côté d'un garçon en chagrin d'amour qui chante des chansons trop tristes sur une guitare qui ne connaîtra jamais la joie.

À ce moment de sa vie où rien n'a de sens, Bianca n'a qu'une certitude : elle ne bougera pas de cette place avant d'avoir son fils dans ses bras.

Elle guette les visages dans la foule. Elle scrute, entre les imperméables gris, les parapluies rouges, les sacs à dos comme ceux de son fils et les mères qui tiennent la main de leurs petits.

Tout à coup, un visage pâle, une lourde tresse blonde sur un chandail de sport noir : «Hudson River Marathon», et des yeux inquisiteurs.

La femme d'hier soir.

Moi.

Sur la photo, le garçon était plus frêle, plus juvénile, plus tendre aussi, mais les yeux, ce regard
d'aigue-marine sous les sourcils arqués, ces pommettes dessinées au fusain aiguisé, c'était lui.
Le jeune homme de la gare, à mon arrivée à
Bruxelles. Les Converse aux couleurs des Yankees.

La Gitane qui empestait, ou peut-être que c'était
une Gauloise? Ce garçon qui m'avait regardée
longtemps, avant de détourner les yeux.

C'était au tour de sa mère maintenant de me
dévisager, les yeux pleins d'anxiété et d'espoir.

Pendant quelques secondes, j'ai pensé à fuir.
On se ressemblait trop, elle et moi, les mêmes
plaies ouvertes, à la vue de tous, miel à vautours,
cette vulnérabilité évidente que je détestais.

Je savais que j'allais lui donner espoir. Que j'allais lui briser le cœur.

J'ai pensé à tous ceux qui avaient fui déjà,
toute ma vie, et toute la sienne aussi sans doute,
sans cesse, à tous ceux qui se sauvaient en douce,
qui prenaient «le clos» sans laisser d'adresse,
dès que ça devenait un peu difficile, petits, tout

petits Poucets lâches qui éparpillent des miettes de décombres derrière eux, et je me suis avancée vers elle.

—Je l'ai vu. Votre fils, je l'ai vu.

Au milieu des passants, elles sont deux. La blonde et l'autre blonde, leurs cheveux fous en ton sur ton, le visage nu, les mains agitées.

Dans la lumière grise de ce début d'après-midi, de l'eau coule sur les joues de la plus jeune. Elle ne cherche pas à se contrôler, elle ne contrôle rien. La plus vieille se penche vers elle, la prend dans ses bras, en silence, à la fois légère comme une plume et solide comme l'enclume, jusqu'à ce que la plus jeune se calme.

Si quelqu'un les voyait, il se dirait qu'elles sont sœurs. Mais ce sont des femmes ordinaires, dont l'éclat ne peut être perçu que si on y prête attention, alors personne ne fait attention à elles, même pas les soldats armés de mitraillettes.

Ils sont occupés à guetter les terroristes.

Bianca s'est assise sur un banc de la place, les genoux agités de soubresauts de froid. Je suis allée lui chercher un café et un croissant. On sous-estime la dépense calorique qu'exige l'énergie du désespoir, elle vide les réserves et puise dans la chair même.

Je lui ai répété le peu que je savais, cinq fois déjà que je lui racontais.

— Je l'ai vu à la gare de Bruxelles-Midi, il y a cinq jours. Il avait un sac à dos, en toile beige, oui, c'est ça, et des Converse de joueur de basket. Noires et blanches, avec le logo des Yankees. Il fumait.

— Malik ne fume pas.

— Ce jour-là, il fumait. Des Gitanes ou des Gauloises, pas d'américaines, en tout cas, ça sentait trop fort.

À voir le désarroi dans ses yeux, je sentais bien que la mère du garçon était sceptique pour la ciga-rette, que la pensée que son fils puisse inhaler du tabac était une déception, qu'elle s'accrochait à ça pour éviter de voir que le reste était une menace de mort beaucoup plus imminente que n'importe quelle Gitane. Même brune. Même sans filtre.

C'était à la gare, il y a cinq jours. Autant dire une éternité. Où était-il? Avec qui? Il ne pouvait pas avoir déjà passé la frontière vers la Syrie, il y avait trop de policiers, de soldats, ils étaient partout. Mais peut-être qu'il était déjà passé, comme une fleur, et qu'il avait quitté la Belgique depuis des heures, et des jours déjà. Et puis, d'ailleurs, comment faisaient-ils, les autres enfants qui rejoignaient le djihad? Par quel pays disparaissaient-ils avant de rejoindre Damas, Alep, Mossoul?

— Je ne sais pas. Mais je connais quelqu'un qui sait.

Matt saurait, oui. Ou alors il demanderait à ses collègues de la BBC ou aux autres journalistes, il les connaissait tous, ils se connaissaient tous, ceux qui faisaient «du terrain», là où tout explosait. Il le répétait souvent: «On se retrouve toujours, ce sont toujours les mêmes, sauf quand il y en a un qui se prend une balle, qui se fait décapiter, ou qui se fait enlever. Ceux-là, on essaie de ne pas y penser.»

Ils se persuadaient que leur travail était important, que le monde avait besoin d'être informé. Qu'ils devaient, tels des chiens, rapporter les carcasses d'images, les lambeaux d'histoires.

Peut-être que leur vraie utilité, c'était de savoir comment retrouver des gamins disparus dans le dépotoir des illusions.

— J'ai un ami, il est journaliste.

Elle a levé une main craintive.

— Mon fils, c'est pas un terroriste.

Pas encore.

— Il a déjà un nom arabe, je ne veux pas qu'il porte ça toute sa vie.

J'ai pensé au mien, qui vivait sa vie à Montréal. Il portait sa part de bagage, hérité de la violence de son père, mais il était libre d'*a priori*. C'est facile de se dire qu'on saurait quoi faire, on ne le sait pas. Je n'étais pas Bianca.

— Je ferai comme vous voulez.

Elle a grignoté un bout de croissant, je voyais bien que rien ne passait.

— Si on le retrouve ici, on le fichera comme terroriste, et sa vie sera foutue. S'il se rend en Syrie, il ne reviendra pas vivant, je ne saurai même pas où ils ont mis son corps, ou alors, j'apprendrai par les nouvelles qu'il s'est fait exploser dans une station de métro bondée, ou sur la terrasse d'un café, et que mon petit garçon est mort en assassin. Vous feriez quoi, vous?

Elle me regardait, la tête penchée, ses doigts blanchis par le froid se réchauffant au gobelet de carton du café brûlant. Je me revoyais, mon petit dans les bras, dévalant l'escalier vermoulu du taudis glacial que je partais dans l'urgence pour le mettre à l'abri, lui.

— Le mien, je voulais qu'il vive.

Elle a hoché la tête. Oui. C'était ce qu'elle voulait aussi. Quitte à réparer plus tard.

— Tu crois que si on parle de moi aux nouvelles, qu'on montre la photo de Malik, quelqu'un l'aura vu, quelque part?

Elle venait de passer au « tu ».

— Je ne sais pas. C'est possible. Ça vaut la peine d'essayer. C'est toi qui décides.

— D'accord. Ton ami, on peut se fier à lui?

Comme amant, non. Comme journaliste, oui.

Je me suis éloignée de quelques pas pour téléphoner. Je ne voulais pas qu'elle m'entende.

Matt a répondu à la première sonnerie. C'était la première fois que j'utilisais le téléphone avec lui, nous avions toujours correspondu par écrit.

— Catherine, ça va?

— J'ai besoin de toi.

Ça sonnait comme l'appel d'une fille amoureuse et désespérée, il fallait corriger ça tout de suite si je voulais son aide.

— Ça n'a rien à voir avec nous deux. J'ai besoin d'un journaliste, je ne connais que toi.

— Tu es où?

Il avait l'air intrigué. Ce qui était une bonne nouvelle. Avec lui, il fallait toujours piquer sa curiosité.

— Place Stéphanie.

— La fille d'hier?

— Oui.

Il y a eu un silence au bout du fil. Je le sentais disparaître à vue d'œil.

— Son fils est parti rejoindre Daech.

— C'est elle qui t'a dit ça?

— Oui.

— Cath…

J'entendais le découragement dans sa voix, celui du journaliste d'expérience devant la fille naïve que j'étais et qui ouvrait son cœur crédule à n'importe qui. Je n'ai pas cherché à cacher le mien devant son scepticisme qui repoussait tout, éteignant toutes les flammes au cas où le feu serait un leurre.

— Matt...

J'ai osé ma dernière carte.

— Fais-le pour moi.

— On en parle quand tu rentres, si tu veux.

Il ne voulait pas la rencontrer, s'exposer, il voulait garder ses distances, rester dehors. Loin.

Je ne pouvais pas compter sur lui.

L'inconnue a levé un regard plein d'espoir dans ma direction. Puis, elle a baissé les yeux. Elle savait. Je suis retournée vers elle.

— Ton ami ne veut pas.

— Je vais essayer encore, plus tard.

On s'est assises à même le sol, en silence.

— Tu as des enfants ? m'a-t-elle demandé.

— Oui. Un fils. Et une fille.

— J'ai une fille aussi. Sam. Elle est petite encore. Elle aime la reine des neiges. Comment elle s'appelle, la tienne ?

— Amalia.

— C'est joli.

— Oui.

Elle a penché sa tête vers moi, pour mieux me regarder. J'ai fait de mon mieux pour le sourire qui interrompt les questions. J'ai senti la terre qui se fendait sous la secousse.

— Ma fille est morte.

Je n'ai rien dit d'autre. Pas de détails, pas l'histoire, rien. Considérant le fait que je ne parlais jamais d'Amalia, à personne, j'imagine que c'était un progrès.

Bianca a posé sa main, froide et douce, sur la mienne. Puis, elle m'a raconté.

Elle était rentrée du travail après avoir cueilli la petite à la maternelle, comme d'habitude. Le clignotant du répondeur mécanique clignotait, alerte rouge. Sam avait faim, elle avait une leçon à réviser, Bianca s'était dit : « Plus tard, je prendrai les messages. »

Elle avait tenté de joindre Malik, pas de réponse, pas de répondeur.

— Sam, quand as-tu vu Malik ?

— Je ne sais pas, maman. Hier, je pense.

— Il est sorti.

— Oui, Cédric est venu le chercher.

Comme d'habitude, comme tous les jours depuis qu'ils se connaissaient, depuis qu'ils étaient petits.

— Tu comprends, a-t-elle dit à Catherine, c'était normal qu'il ne soit pas là.

— Oui.

Elle ne s'est pas alarmée tout de suite de son absence. Si le mien avait disparu, à dix-sept ans, à quoi est-ce que j'aurais pensé ? À la même chose. Rien de grave. Une nuit de jeux vidéo, une fête, des amis, de l'alcool, peut-être une fille – « Tu fais attention aux filles, tu ne

les laisses pas partir toutes seules la nuit, tu les raccom-
pagnes jusqu'à ce qu'elles soient en sécurité. » « *Oui,*
mom, t'inquiète ! » –, *mais rien de grave. Rien qui res-*
semble à ça.

Entre la maternelle de Sam, les courses sans
cesse à recommencer et les clientes à qui il faut
sourire toute la journée en vernissant leurs ongles
de pétasses qui ne font jamais la vaisselle, Bianca
était trop fatiguée pour s'inquiéter.

Elle avait sa propre vaisselle à faire, les cheveux
de la petite à laver, la soupe à réchauffer. Un truc
en sachet, mais au moins elle pouvait y mettre
du lait. Sa fille l'inquiétait plus que son fils. La
gamine ne mangeait rien, et quand Bianca la for-
çait elle se mettait à vomir.

Bianca avait déposé le lourd sac des courses,
elle avait sorti la casserole pour la soupe, déchiré
le sachet et allumé le gaz. Malik avait sans doute
dormi chez Cédric, ils avaient tellement fait ça,
chez l'un ou chez l'autre, que les mères avaient
cessé de penser qu'ils puissent être ailleurs. Dans
sa jupe, Sam bourdonnait, petite abeille :

— Je veux pas la soupe, j'aime pas ça.

— Tu ne peux pas manger que des gâteaux.

— Si, je peux.

— Et tu grandiras comment si tu bouffes que
du sucre ?

— Je ne grandirai pas, je resterai toujours petite,
et toi, tu seras obligée de m'aimer pour la vie.

Bianca avait retenu son rire. Sa fille, sa fille ! Elle
est pas possible, celle-là, à toujours savoir quoi dire

et quoi faire pour la charmer au moment même où elle va perdre patience.

— Il est où, Malik, maman ?

— Je ne sais pas, sans doute chez Monia avec Cédric.

— Je veux y aller.

— Non, chérie.

— Et pourquoi non ?

— Tu es trop petite pour passer la nuit dehors.

— C'est pas vrai.

— Si c'est vrai. Mange autre chose que du sucre, et tu pourras passer la nuit dehors toi aussi.

— Malik aussi, il en mange des gâteaux, et il est *quand même* devenu grand.

— Pas quand il était petit. Quand il avait ton âge, il mangeait ses haricots, sa viande et il buvait son lait. C'est pour ça qu'il est devenu grand et fort et qu'il a le droit de coucher chez son ami.

— Je veux que ce soit lui qui me fasse manger, pourquoi il est pas là ?

— Je ne sais pas, Sam, viens là.

— Non, pas toiiiiiii. Pas toiiiiii.

Cinq ans à peine qu'elle était au monde et elle épuisait sa mère comme jamais son frère aîné n'était arrivé à le faire en dix-sept ans. Jusqu'à aujourd'hui.

— Je veux qu'il revienne, donne ton portable, je vais l'appeler, donne, maman, donne.

— Lave tes mains d'abord, je ne te prête pas mon portable si t'as les mains collantes.

La possibilité de jouer avec le téléphone de sa mère était l'unique motivation de Sam pour obéir à quelque directive que ce soit. Elle avait traîné la chaise, grimpé dessus, ouvert les robinets, s'était inondée de savon, et avait frotté ses mains trop fort, sourcils froncés, tout son visage tendu par l'impétuosité de ses désirs.

Trop d'intensité pour une si petite fille, pensait Bianca avec angoisse en regardant Sam s'emparer du téléphone, immédiatement happée par Candy Crush, l'appel à son frère oublié en une seconde au profit de chocolats envahissants. Bianca espérait de tout son cœur que l'entrée à l'école primaire avec les autres enfants apaiserait un brin le cœur palpitant de sa féroce enfant.

Il le fallait.

Au moins, se disait-elle, le grand va bien. Il n'a pas beaucoup d'amis, il n'a que Cédric en fait, il n'a pas de copine non plus, il est sérieux.

Elle en éprouvait de la fierté. C'est rare, à dix-sept ans, un garçon sérieux. Elle était soulagée. Son fils, il ne buvait pas, il ne fumait pas – je te jure que je ne l'ai jamais vu fumer –, et il ne passait pas son temps avec une bande de petits cons à bousculer les filles et à se mettre dans la merde.

Il étudiait. Il était doux avec sa sœur. La semaine dernière encore, il avait pris la petite dans ses bras, et il lui avait dit: «Je t'aimerai toujours.»

Maintenant, ça lui semblait prémonitoire d'un adieu.

— Tu comprends, a dit Bianca à Catherine en la regardant dans les yeux, il n'a pas de raison de foutre sa vie en l'air.

Ils vivent dans un HLM, oui, mais c'est le même depuis des années, c'est joli et lumineux, Malik a été désiré, aimé. Ils ont rigolé plus souvent que pleuré, elle n'impose pas des mecs douteux à ses enfants en leur faisant croire qu'ils seront des pères pour eux, d'ailleurs ces hommes-là ne restent jamais. Elle a été une mère qui faisait de son mieux, une bonne mère, seule avec ses petits et puis c'est tout. Ce n'est pas de la vantardise, elle le sait. Malik va passer son bac du premier coup, il est trop brillant, son grand garçon, trop doué, il a la vie devant lui.

Il a la vie devant lui...

Bianca a toujours cru bien faire en honorant le sang kabyle de son fils. Quand il est né, tout rond et enduit d'or, elle a souhaité qu'il porte le patronyme de son père : Malik Krouch. Elle se disait que ça ferait plaisir à cet homme qui exigeait sans cesse qu'elle lui prouve son amour et pour qui elle se contorsionnait jusqu'à oublier qui elle était.

À toi aussi, il chuchotait à l'oreille : dis-moi que tu m'aimes, sinon je te tue ?

Non. Il ne l'avait jamais menacée.

Il n'était pas comme ça, lui. C'était plus subtil. Il s'enfonçait dans le mutisme, il rentrait tard, il ne la caressait plus comme à leurs débuts. Elle a cessé d'aller voir sa famille en Bretagne, de parler à sa mère, d'écrire à ses sœurs. Elle ne supportait pas de le savoir inquiet de son amour pour lui, alors qu'elle l'aimait tant.

Il était si beau, si racé, si élégant, ils étaient magnifiques, les hommes des montagnes de Kabylie avec leurs traits fins et leurs yeux verts.

Un soir, il n'était pas rentré.

Il n'avait ni écrit ni téléphoné. Elle s'était rendue au commissariat, certaine qu'il avait été victime d'un accident, elle avait fait le tour des hôpitaux. Il n'était nulle part. L'usine où il travaillait avait fini par informer Bianca qu'il leur avait donné un préavis, mais aucun motif. Ça lui avait fendu le ventre d'apprendre qu'il avait planifié son départ, qu'il avait jugé bon d'aviser ses employeurs, mais pas elle. Elle s'était sentie comme un sac-poubelle dont on se déleste sur le bord du chemin.

Oui, je sais, nous sommes sœurs de vidanges toi et moi. Les paroles de menace sont inutiles quand on sait manier le silence. Celui qui se retire, qui ne donne rien, qui se préserve et laisse l'autre s'exposer, demander, exprimer ses désirs, celui-là contrôle tout.

S'il n'y avait pas eu cet enfant tout à coup plus lourd dans ses bras, Bianca aurait douté du passage même de cet homme dans sa vie.

Malgré son cœur meurtri, ou peut-être à cause de lui, Bianca s'était appliquée à transmettre à son petit Métis de fils la fierté de ses origines, les bretonnes et les berbères. Ce n'était pas parce que le père s'était enfui comme un lapin de garenne que le fils devait avoir honte du sang arabe qui coulait dans ses veines. Elle a toujours été persuadée qu'elle avait bien fait.

Sauf depuis les attentats.

Il y en avait eu d'autres avant, des attentats. D'autres gens étaient morts. Mais c'était ailleurs. C'était loin. Ou alors, c'était Charlie. Mais Charlie, c'était des gens connus, importants. Ce n'était ni Bianca, ni son fils, ni personne des Hirondelles.

Alors que le Bataclan, oui. C'était eux. Des gens ordinaires qui assassinent d'autres gens ordinaires. Et puisque c'était eux, il y aurait des répercussions, les gens ordinaires deviendraient les bourreaux d'autres gens ordinaires, il n'y aurait même plus besoin de faire appel aux forces policières.

Debout devant la télé, le ventre plombé par les images du Bataclan, du sang sur les pavés, des regards vides, en état de choc, des survivants, par les visages, en boucle, de Brahim Abdeslam, qui s'était fait sauter devant un café de l'est, et de Salah Abdeslam, toujours en fuite, Bianca ne voit pas comment son Malik pourra échapper à la discrimination, au profilage, aux condamnations de la rue. Son cœur s'affole.

Elle tente de se rassurer : avec ses yeux émeraude et son teint clair, il ressemble presque à un petit gars du Morbihan, comme sa mère, pas à un sale Beur comme son père. Bianca est lucide, elle sait que les beaux discours sur le racisme n'y changeront rien, qu'au moment de louer un appartement, de décrocher un meilleur boulot, les mots et les grands idéaux ne valent que dalle.

Au pire, Malik pourra utiliser son deuxième prénom, Nicolas, et prendre son nom de famille à elle. Nicolas Le Geoff, bachelier avec mention, il n'a qu'à bien travailler pour faire sa place dans la société. Il n'a qu'à faire disparaître Malik, et tout ira bien, il ne sera pas présumé coupable dès qu'il entrera quelque part.

— Pourquoi tu me regardes comme ça? a demandé Bianca à Catherine. Qu'est-ce qu'il y a?

— Rien. Pardon, je ne voulais pas t'interrompre.

Mon fils aussi s'appelle Nicolas. Ton histoire est la mienne, et la mienne est celle de toutes les autres, femmes de l'ordinaire, condamnées à l'extraordinaire pour en sortir. Les détails changent, elle, c'est le silence, moi, c'est les coups, mais à tout prendre, nous sommes toutes les mêmes. Et personne ne sait de quoi sont faites nos vies.

Bianca a fait manger la petite, une cuillère, deux cuillères, allez, c'est bon, tu veux un gâteau? D'accord, tu peux jouer aux Aventures de Barbie, mets ton pyjama d'abord, je ne sais pas à quelle heure il rentre, ton frère. Peut-être demain, tu sais, va vite, si tu veux avoir le temps de jouer avant de dormir, va vite, Sam, ne me force pas à répéter.

Au moment de coucher Sam, Malik n'était toujours pas rentré. Il a fallu raconter une histoire, puis une autre, boire de l'eau, retourner faire pipi, négocier la fin des histoires, d'abord en douceur, puis dans les cris et les larmes, avant de voir la petite tomber comme une roche qui coule, d'un coup, épuisée d'avoir traversé une autre journée de sa courte vie.

Quand Bianca a enfin réussi à mettre la main sur son téléphone pour tenter de joindre son fils, elle a constaté que la pile était à plat, vidée par Candy Crush, et que le chargeur était resté au bar à ongles où elle travaille.

Tant pis. Malik est chez Monia, avec Cédric, s'est-elle répété. Son fils a l'habitude de passer des nuits entières avec Cédric, quand Monia travaille de nuit. Ils jouent à Minecraft ou à Assassin's Creed, c'est ce que font les garçons. Monia dit toujours que Malik est le frère qu'elle n'a pas donné à Cédric, que le garçon est la meilleure influence qui soit sur son fils et que la porte est toujours ouverte pour lui.

Malik ne peut pas être ailleurs.

— Il est parti avec son beau blouson, a dit Sam, qui s'était relevée pour la cent millième fois.

Le blouson qu'elle avait payé si cher.

— Celui que je lui ai offert pour son anniversaire ?

— Oui.

Pas une fois il ne l'avait porté.

— Maman, s'il porte son beau blouson, c'est qu'il est parti niquer une fille.

— Sam, arrête !

— Niquer, niquer, niquer !

La petite a déguerpi dans sa chambre à toute vitesse avant de se laisser emporter par la chanson de sa reine préférée. Libérée, délivrée, niquée !

Alors seulement, Bianca a pensé au répondeur.

Ce qu'elle a entendu, la voix de Monia, à la fois calme et affolée, lui a glacé le sang.

Monia qui la prévenait, qui lui disait : « Bianca, je suis désolée, je sais que tu ne voudras pas me croire, mais il le faut, écoute-moi, pour l'amour, écoute-moi, c'est les garçons. »

Elles disent toujours « les garçons » quand elles parlent de leurs fils.

« Je sais que tu vas m'en vouloir, que tu ne voudras sans doute plus jamais me parler, mais je n'ai pas le choix. Je ne sais pas lequel des deux a entraîné l'autre, je crois que c'est Cédric, le tien a toujours été plus... Je te demande pardon, Bianca, je ne voulais pas voir mon fils, je croyais... je ne sais pas ce que je croyais, que c'était à cause de son père, de son absence, à cause de moi, de ses difficultés, de son enfance, je ne sais plus, je ne voulais pas voir, mais maintenant, oui. J'ai trouvé des armes dans sa chambre, des adresses, Malik doit partir pour la Belgique, Bruxelles, à Molenbeek, et après je crois qu'ils veulent partir en Syrie. Je ne sais pas avec qui ils sont, je te demande pardon, j'essaie de te joindre depuis tout à l'heure, j'aurais voulu te parler avant, mais je ne peux plus attendre, je dois prévenir les autorités, j'ai peur pour eux, j'ai peur d'eux. Je suis tellement désolée, je... »

Puis la communication a été interrompue.

Aux nouvelles de l'après-midi, Malik a tout de suite reconnu l'immeuble d'en face de chez lui, aux Hirondelles. Une femme à l'air grave agitait son micro devant la caméra pendant que, derrière elle, des policiers faisaient reculer les curieux. Il y avait des voitures blanches et bleues, une ambulance, l'attroupement des voisins : Mme Georgescu, M. D'Anunzio, le clan Ferrandez.

Malik a cherché Sam au milieu des badauds, il ne l'a pas vue, et il en a été à la fois déçu et soulagé.

La porte de l'annexe s'est ouverte.

Sur elle.

Il a senti son parfum, puis l'humidité du dehors, la brise et l'odeur de la rue, essence et diesel, effluves de liberté.

Il ne voulait pas tourner la tête. Il ne voulait pas la voir. Ni être tenté, par elle, par le désir de fuir.

Il fixait l'écran de la télévision.

Des brancardiers sortaient de l'immeuble de Cédric, en portant un corps recouvert d'un drap blanc. Un corps dont Malik reconnaissait chaque contour pour l'avoir vu vivre depuis qu'il était tout merdeux : Monia, la mère de son ami de toujours, son complice, son frère.

La reporter crachait des mots que Malik n'avait pas besoin d'entendre, il savait déjà : « Ce sont des voisins, inquiétés par l'odeur, qui ont alerté les autorités, ce qui a donné lieu à la macabre découverte. Le fils de la victime, en lien avec des cellules terroristes, est activement recherché par les autorités et considéré comme le principal suspect dans le meurtre des Hirondelles. »

Ils ont montré le visage de Cédric, en plein écran.

Malik a retenu un cri, cachant son visage entre ses mains. Il ne fallait pas se laisser aller, il fallait reprendre le contrôle. Tout de suite.

Il a surpris le regard de la femme de Bilal posé sur lui. Des yeux frangés de cils noirs, pleins de ténèbres et de questions.

Bilal est arrivé, sa morveuse habillée en princesse sur les talons, aussi insupportables l'un que l'autre. Il a jeté un œil à Malik, à l'écran de télévision qui diffusait une nouvelle fois le visage de Cédric, en répétant « le suspect principal du meurtre des Hirondelles », et il a tiré sa femme par le poignet.

D'un coup sec.

Elle a émis une sorte de plainte, un bruit étouffé qui dénotait une habitude de la douleur qu'il fallait taire. Il lui avait parlé très vite, « yalla, va-t'en », en poussant la petite qui s'était mise à geindre. La main de Bilal, velue et forte, a atteint la tempe de sa fille du premier coup. L'enfant a basculé, fou-droyée, puis les larmes sont montées, en même temps que le hurlement.

La femme n'a eu que le temps de la soulever de terre et de s'enfuir avant que la main de l'homme les atteigne à nouveau.

Et Bilal est resté seul avec Malik. Il a éteint la télé. Puis, il a refermé la porte.

— Tu sais pourquoi il a fait une connerie pareille, ton copain?

— Non.

— Ils vont remonter jusqu'à toi.

— Je n'ai pas été contrôlé à la frontière, je suis passé par le pont, à Mouchin.

Ne pas parler de sa mère. Ne pas penser à Sam.

— Personne ne sait que je suis ici.

— Sauf nous. Et ton copain, sur qui on croyait pouvoir compter pour éviter d'attirer l'attention. C'est raté.

Cédric, qui foirait tout, saboteur du moindre coup d'éclat, même sa sortie, il la ratait. Et comme d'habitude, c'était Malik qui allait se prendre les pots cassés plein la gueule.

— Partout où il ira, les flics seront tout juste derrière.

— Il doit y avoir un endroit où le cacher en attendant…

— En attendant quoi? Que les accusations du meurtre de sa mère disparaissent?

Une immense fatigue a envahi Malik, sou-dain terrassé par l'ampleur du désastre. Il lui fallait partir, retrouver son père, où qu'il soit.

— Je dois partir.

— C'est moi qui décide si tu pars. Et quand. Il suffit qu'on diffuse ta petite tête de bon garçon bien élevé et tu nous fous tous dans la merde. Il suffit d'une seule personne qui te reconnaisse.

Une seule personne. La femme de la gare lui revenait en mémoire. Ses cheveux vaporeux, son regard fatigué. Elle l'avait regardé comme sa mère le regardait parfois, avec cette sollicitude inquiète des mères. Elle l'avait vu.

— Personne ne m'a vu. Pas en Belgique.

— Ma femme t'a vu.

— Ta femme ne dira rien.

Malik a tout de suite regretté d'avoir parlé. Il avait l'air de la défendre. Il la défendait.

Pour un poignet meurtri, il risquait sa propre vie, et celle d'une femme dont il n'avait jamais vu le visage.

Place Stéphanie, Bianca venait de terminer son récit. Elle me dévisageait en silence, et je voyais bien qu'elle mettait tous ses espoirs en moi. C'était insupportable. Bianca n'avait pas ma force. Elle ne passerait pas à travers les balles jusqu'à la fin des temps, elle prendrait racine ici, sur une place publique qui se foutait de sa détresse, et elle finirait par en mourir.

Je ne lui ai pas fait de promesse, je n'en avais pas les moyens. Je lui ai posé des questions de mère.

— Tu as un endroit où dormir?

— J'ai trouvé une auberge de jeunesse.

— Tu as de quoi tenir?

— J'ai de l'argent. Le salon de beauté où je travaille va me licencier si je ne rentre pas travailler. Tant pis. Il faut que je retrouve mon fils. Il faut que je le retrouve avant qu'il fasse une connerie et qu'il soit trop tard.

Elle m'a prise dans ses bras et m'a étreinte. Je ne sais pas laquelle des deux était le plus grand réconfort de l'autre.

Je suis rentrée à la course, les jambes fatiguées. Chacun de mes pas était une phrase de plus. Des mots simples, rythmés par ma cadence, un pied devant l'autre.

Elle s'appelle Bianca, et elle est née à Saint-Gildas, au fond du Morbihan, terre de roche et d'écume saline où il n'y a rien à espérer à part en sortir. Elle a trente-six ans. Elle se sent vieille, les os meurtris par l'humidité, et le cœur en déroute ; elle n'a pas su protéger son enfant.

Ce petit, qu'elle a voulu en dépit de tout, en dépit de son père, en dépit de sa propre famille, ce petit qu'elle a désiré, aimé, soigné, sorti de son ventre et endormi dans ses bras, il lui a échappé. Quelque part, dans un moment de distraction, comme quand on lâche leur main de mômes et qu'ils s'élancent contre une voiture, percutés à mort, elle a perdu son fils. Il suffit de quelques secondes.

Les autres appellent ça un accident, les mères, elles, ne s'en remettent pas.

Si Bianca ne retrouve pas Malik, elle ne s'en remettra pas.

Je connaissais maintenant le chemin par cœur jusqu'à la porte bleue d'Inge : le café chaleureux, les primeurs Joly Frais, le visage fermé de Matt.

Il était à la table de la cuisine, les épaules voû-
tées, penché sur son ordinateur, son téléphone à
portée de main. Je l'ai trouvé vieux, tout à coup.
Usé. Lui qui revenait toujours du pire en farfadet
insouciant, éternel James Dean au volant d'une
Porsche qui échappait à tous les accidents.

Je l'ai regardé, en me demandant ce que j'avais
bien pu lui trouver pour qu'il m'atteigne le cœur
à ce point. Tant de choses pourtant... tant d'in-
telligence, de curiosité, de complexes parcelles
d'humanité, de lucides et effrayants constats sur
lui-même, qu'il avait le courage de voir sans avoir
celui de changer ce qui devait l'être.

Il s'était fait un thé, la tasse fumait entre ses
mains. Je n'ai pas défait mon blouson de course,
malgré la sueur qui dégoulinait dans mon dos,
sur mes tempes.

— Ce n'est pas un sujet pour moi, Catherine.

— Je sais.

— C'est pas personnel.

— Je sais.

— N'importe qui peut faire ça.

— Je sais.

Personne n'était dupe. L'histoire de Bianca n'intéressait pas Matt, pas assez pour lui donner envie de la raconter au reste du monde.

— J'ai eu ma confirmation, je pars en Somalie.

— Quand ?

— Une journée avant ton départ.

Tu as donc tant besoin de me fuir, Matt ?

— D'accord, je vais m'arranger.

— Ne t'inquiète pas, tout est réglé avec Inge, tu restes le temps qu'il faut, tu n'as qu'à laisser les clés à l'étage en partant.

Je suis passée tout droit devant lui, j'ai descendu les escaliers de l'antre à cacher des espions, et j'ai fait ma valise. Je n'en pouvais plus de tous ces œufs sur lesquels il me fallait marcher sans fendre les coquilles.

Je n'en pouvais plus de ne pas être assez. De devoir m'effacer. De me justifier de m'être effacée parce que, tout à coup, tu m'en voulais de prendre mes distances pour mieux respecter ton besoin de me tenir loin de toi.

J'étais au pied du mur, confrontée à l'inéluctable : peu importe ce que je dirais, ce que je ferais, j'en sortirais perdante.

Toutes les quatre heures, comme un médicament qu'il faut administrer en respectant la posologie, tu t'excusais de ne pas être celui que tu avais promis d'être au temps de nos flambées épistolaires. Entre les excuses, trois heures cinquante-neuf de malaise, de rejet et d'humiliation.

Et pourtant, ce qui enfin me détachait de toi, ce qui larguait mes amarres, c'était ton indifférence envers une autre femme que moi.

La plaisanterie avait assez duré.

J'ai enfoui toutes mes robes, mes belles robes de femme fatale qui ne réussissait même pas à tuer une mouche, dans ma valise, et j'ai enfilé un jean.

Bleu. Solide. Utilitaire. Une arme de guerrière qui en a plein le cul, qui n'a plus envie de séduire et qui se barre.

Bien sûr, c'est là que tes mains ont encerclé ma taille : « Tu as mis ton petit jean. »

— Oui.

J'ai retenu le « Puisque tu t'en sacres de ce qu'il y a sous mes robes, à quoi bon les porter ? » sarcastique de circonstance.

Je n'avais pas envie d'être sarcastique. Là-bas, à 3,7 kilomètres de là, ma montre avec GPS intégré me l'avait bien indiqué, Bianca espérait retrouver son fils « avant qu'il fasse une connerie, avant qu'il soit trop tard ».

Tes mains toujours sur ma taille, ta poitrine dans mon dos, tu me tenais contre toi comme j'avais espéré toute la semaine que tu le ferais, et je n'avais qu'une envie, partir, quitter ton corps, tout de suite.

J'avais envie de vivre, et d'être utile, si je le pouvais, à une fille qui elle aussi avait tout bien fait, et qui elle aussi avait tout échoué. J'avais envie d'écouter la suite de l'histoire de Bianca, de tout retenir pour un jour la raconter, même si je savais d'avance que les histoires de bonnes femmes ordinaires, celles qui font des enfants et les élèvent à bout de bras pour les voir disparaître dans la quête de ces pères mythiques qui se foutent leurs fils, ça n'intéresse personne.

Pour la première fois depuis des mois, je ne pensais pas à mourir.

Tant pis.

Parfois, Catherine a l'air d'avoir vingt ans, et parfois, tout se décompose, et elle a l'air d'en avoir
cent. Depuis son arrivée, depuis le moment où il
était allé la chercher à la sortie de la gare, Matt
s'en voulait, malheureux, d'être la source de son
visage de cent ans.

Il voyait les marques sur son visage, son cou,
l'affaissement subtil, mais présent des paupières,
ce pli qui ne demandait qu'à se creuser juste à
côté de sa bouche en cœur, lèvres délicates et pul-
peuses, faites pour embrasser, faites pour s'abandonner aux baisers. Tous ceux qu'il ne lui avait
pas donnés... Il les voyait, les marques du temps
et de l'usure sur son visage. Pourtant, chaque fois
qu'elle retournait à la vie, à la fougue, Catherine retrouvait une expression de jeune fille.
Quelque chose de fin, de doux et de lumineux,
ancré dans une détermination qui bravait les
menaces et les interdits. Elle retrouvait ce qui
l'avait tant séduit, pendant des années, cet air
d'ailleurs qui lui échappait, et qu'il cherchait à
atteindre.

À la regarder ramasser ses affaires, sa brosse à dents, sa minuscule trousse de beauté, dans la salle de bain, son t-shirt oversized d'homme pour dormir, vert forêt, qu'elle n'aurait jamais dû porter tant elle aurait dû dormir nue, lovée contre lui, ses bottillons noirs, à talons hauts, qui galbaient ses jambes de danseuse, à la regarder tout rapatrier avec efficacité, fluide et prompte, Matt se rendait compte que cette fuite imminente, loin de lui, lui rendait son visage de vingt ans. Il en était soulagé, et immensément triste. Quel fiasco.

— Ça ne sert à rien que je te fasse des menaces, j'imagine…

— Tu ne tiens pas tes promesses, Matt. Alors à quoi bon?

— Je sais, mon département marketing est excellent. C'est le service après-vente qui est pourri.

Il voyait bien, à son petit visage chiffonné, que sa tentative d'humour la blessait davantage. Il s'est tu. Il l'aimait trop pour la désirer crûment, comme on ne désire que ces femmes qu'on va laisser derrière en sachant qu'on ne les a pas atteintes, et il ne l'aimait pas assez pour être amoureux d'elle.

Ou peut-être que c'était lui qu'il n'aimait pas assez. Va savoir.

Dehors, il faisait soleil et tendre. Dehors, elle s'est dépêchée de dissimuler son visage derrière d'immenses lunettes noires. Dehors, Ixelles déployait ses charmes de jeune fille fraîche qui se la joue beatnik, offrant des fleurs aux soldats.

Il aurait fait bon être amoureux dans ces rues-là, sous ce soleil-là.

«Arrive comme une terroriste», lui avait-il dit, du temps de leurs échanges épistolaires. Elle avait tout fait sauter, sans le vouloir. Mais c'est lui qui lui faisait du mal.

J'aurais voulu que tu sois plus forte, Catherine, j'aurais voulu que tu te foutes de moi, que tu sois légère, détachée, insolente et baveuse. J'aurais voulu que tu m'envoies chier, ça m'aurait bouleversé, mais je n'aurais pas été responsable de la peine que je te cause. Les hommes n'ont pas envie des femmes qui les aiment, ils ont besoin de leur courir après, ventre à terre, le mors aux dents, et le désir fulgurant. Et en même temps, ce que j'aime de toi est dans ton absence totale de minauderie, de jeux, et d'esquives. Tu ne joues pas. Alors je t'aime, mais je ne te désire pas. C'est con, je sais, mais c'est comme ça.

Il s'est emparé de sa valise, juste pour ne plus voir ses doigts s'agripper trop fort à la poignée, et puis il a pris sa main, et il l'a tenue serrée dans la sienne. Elle l'a laissé faire, le visage tourné vers l'ailleurs, une maison vidée de son âme. Elle était déjà partie, loin de lui, loin d'elle-même. Il le savait, mais il lui tenait la main quand même, c'est lui qui en avait besoin.

Ils se sont arrêtés de marcher pour laisser passer une voiture, un tramway, un char de police, il a glissé son bras sur sa taille, il a entouré ses épaules.

Tout ce qu'il lui avait refusé quand elle était là, tous ces gestes amoureux qu'il ne savait pas faire, il voulait les lui donner, en bouquet, au moment où elle le quittait. Un pardon ou une offrande, trop tard, il le savait, qu'importe, il devait le faire.

Il avait voulu l'installer dans un hôtel pratique près de la gare, et puis, à la place Loix, une minuscule place avec une statue et un marronnier aux feuilles brunies, il s'est arrêté aux couleurs de l'hôtel Pantone, petit hôtel boutique au charme moderne et pimpant, il s'est dit qu'il avait envie de lui offrir mieux.

— Tu veux cet hôtel-là ?

— Ça m'est égal.

Il savait qu'elle disait vrai, qu'elle s'en foutait. Là où elle était, il ne pouvait plus l'atteindre. Ça le soulageait d'ailleurs.

À la réception du Pantone, il a demandé une belle chambre, il a sorti sa carte de crédit, « Oui, je vais prendre le petit-déjeuner aussi ». Catherine évitait de le regarder, pressée de le fuir, il le sentait. Laurent était passé avant lui pour le derby de démolition. Sa job à lui, c'était même pas de ramasser les dégâts, c'était de lui faire l'amour dans les débris. Et il n'avait pas pu. La vie n'était qu'une succession d'attentats, et il aurait voulu pouvoir dire à Catherine qu'il n'en sortait pas indemne lui non plus.

Il n'a pas osé.

Il a insisté pour monter à la chambre avec elle. Dans l'ascenseur, elle fixait les boutons des étages comme si sa vie en dépendait. Peut-être qu'elle en dépendait.

— J'espère que tu sais que je retire toutes les menaces.

Il s'en est voulu de la ramener à leur désastre alors qu'elle tentait si fort de s'éloigner de lui.

La porte s'est ouverte. La chambre était petite, claire, et le lit, tout blanc, invitait aux ébats d'après-midi. Comme maintenant.

Elle y pensait, il la connaissait maintenant, il l'a regardée fermer les rideaux pour éviter la lumière trop crue, jeter son sac sur le petit bureau, et il savait qu'elle y pensait. Que c'était leur dernière chance.

Il s'est approché d'elle et il l'a prise dans ses bras, mais pas comme ça. Il ne l'a pas renversée sur le lit, la fête joyeuse qu'ils s'étaient promise n'aurait pas lieu, elle serait trop triste, ça valait mieux. Dans la chambre neuve de l'hôtel Pantone, ça sentait la peinture fraîche, le chauffage central et la mélancolie.

Il l'a serrée contre lui, de toutes ses forces, dans ses grands bras solides d'homme de terrain.

— Serre fort, Cath.

Elle est restée molle comme une poupée, inerte. C'était insupportable. Il a pris sa main, si menue, il l'a refermée en poing, et l'a portée à son visage :

— Cogne-moi. Vas-y, cogne.

Elle a reculé, de tout son corps, un soubresaut violent, comme s'il l'avait frappée. Elle a secoué la tête, paume tendue devant lui, pour l'empêcher d'avancer.

— Non !

— Défoule-toi, fais-moi mal toi aussi.

Il a vu sa lèvre trembler, ses yeux noirs se plomber de chagrin, son visage de cent ans qui revenait au galop, non, non, non.

— Je ne suis pas venue pour te faire mal, Matt.

Jab parfait. Qui l'avait heurté de plein fouet. Son refus de se servir des armes était la seule défense de Catherine, son coup fatal. Il l'avait acculée au mur. Elle s'en était servie. Tant pis pour lui.

Il était temps qu'il parte. Au moment de refermer la porte de la chambre sur elle, sur eux, sur la semaine qui venait de s'écouler, il a tenté une dernière ligne à la mer, n'importe quoi pour soulager la tristesse :

— Catherine ?

— Quoi ?

— Si je me reconnais dans un de tes livres, je te tue.

Là, à peine une ombre, à peine une ligne qui se trace, un effleurement de vent sur le sable, quelque chose qui ressemblait à un sourire se dessinait sur le visage de Catherine, qui n'avait déjà plus tout à fait cent ans. S'il la quittait maintenant, avec un peu de chance, elle retrouverait ses vingt ans avant le soir.

Les portes de l'ascenseur se sont refermées sur lui. À l'hôtel Pantone, place Loix, ça sentait la peinture fraîche, le chauffage central et la mélancolie.

Vivement la Somalie.

Le soir, étouffée par l'odeur de la peinture fraîche, du chauffage central et de la tristesse, Catherine est sortie de l'hôtel Pantone.

Longtemps, elle a erré dans Bruxelles désertée par le couvre-feu, en quête d'un endroit où on lui servirait assez de vin pour lui faire oublier, même un bref instant, le désastre de la dernière semaine, de la dernière année, de toute sa vie.

Au détour d'une rue minuscule, qui serpentait de pavés désunis, elle a vu de la lumière à l'intérieur d'un bar à vin. C'était une toute petite salle, vide de clients. Au comptoir de marbre, un homme seul buvait une bière.

Elle a poussé la porte et demandé si on pouvait lui servir quelque chose, n'importe quoi. Le patron lui a offert son meilleur sourire :

— Tiens, une courageuse qui brave l'alerte rouge.

Catherine s'est retenue de lui dire qu'elle avait bravé bien pire. Elle aurait pu lui raconter toutes les fois où elle n'était pas morte, mais ça aurait été trop long, et alors qu'elle n'avait pas mangé de la journée, tout à coup, elle avait faim.

— Un plat de charcuterie avec un verre d'excellent bourgogne, ça vous va ?

Ça lui allait. L'homme du comptoir s'est tourné vers elle, plein de curiosité.

— Of all the gin joints in the world she walks into mine.

Casablanca. Le sourire de Catherine s'est épanoui, la délestant d'une autre bonne dizaine d'années.

— Avoir su que j'allais tomber sur une Québécoise ce soir, je me serais rasé.

L'accent était québécois, et le sourire solide, déjà séduit par la femme qu'il avait devant lui. Des yeux clairs, un visage insolite et franc, une élégance européenne. Il a désigné le tabouret à côté de lui, l'invitant à le rejoindre, facile, simple, et sans aucune ambiguïté : il avait envie qu'elle dise oui. En moins de deux minutes, Catherine a été plus heureuse que dans toute la semaine qui venait de s'écouler.

Elle s'est juchée sur le tabouret, les coudes sur le comptoir, ses jambes de danseuse gainées de nylon l'une sur l'autre, et elle s'est tournée vers lui, pendant que le patron remplissait leurs verres de vermillon.

Il s'appelait Louis, il était officier dans les Forces armées canadiennes, en poste à Bruxelles. D'elle, il a su l'essentiel : elle écrivait des livres, et parfois, mais pas toujours, les hommes de sa vie se retrouvaient dedans. Ça l'a amusé de penser qu'il pourrait être digne de se retrouver dans un roman, il allait tâcher de lui faire assez bonne impression pour mériter un peu d'encre noire sur les pages blanches.

Ils ont bu du rouge, partagé du saucisson, bu encore plus de rouge, et elle l'a écouté raconter ses missions en Afghanistan, en Bosnie, au Nord-Kivu, en Centrafrique, le bruit sourd du silence quand on les sortait de la guerre pour les obliger à retrouver la paix, l'angoisse qui le saisissait chaque fois qu'il perdait la camaraderie et le cercle chaud des autres combattants à ses côtés pour la solitude effrayante des permissions. Catherine n'avait pas pu s'empêcher de rire.

— Qu'est-ce qui te fait rire ?

— Ta vie.

— C'est la première fois que ma vie fait rire une fille. Une belle fille, a-t-il ajouté.

— J'attire les soldats, faut croire. Les beaux soldats, a-t-elle ajouté.

— Tu es un camp de réfugiés.

Pour la première fois depuis le début de sa conversation avec Louis, Catherine a pensé à Matt.

— J'essaie de ne pas l'être, mais c'est difficile.

Louis a hoché la tête, et un nuage a traversé son regard gris clair.

— Oui, c'est difficile d'être autre chose que ce qu'on est. Tu as des enfants ?

— Un fils. Il a vingt-trois ans, il s'appelle Nicolas.

Elle n'a pas mentionné sa fille. Pas ce soir.

— Tu l'as eu quand t'étais encore une enfant.

— Non. J'étais déjà très vieille. Mais c'est pas grave, je l'ai eu, et je suis devenue plus jeune avec lui. Grâce à lui. C'est la lumière de ma vie.

Elle n'a pas parlé de sa fille, ni de sa mort. Juste de son fils, et de sa vie.

Louis aurait voulu des enfants, et une famille, mais à quarante ans, avec la vie qu'il menait, toujours en mission, toujours en zone de guerre, il n'imaginait pas une femme assez cinglée pour renoncer à sa propre vie pour le suivre.

— Ça me prendrait une femme qui n'a pas de carrière, pas d'ambition, pas de projets personnels, une femme qui ne m'attire pas, quoi.

Il avait les yeux qui pétillaient quand il riait, même pour constater l'échec.

— J'aime les femmes intelligentes, qui n'attendent pas après moi pour vivre et qui n'ont pas peur de braver les alertes rouges. Les femmes comme toi.

Il a planté son regard gris dans le sien, sans broncher. Catherine a soutenu ce beau désir fringant avec la soif d'un voyageur du désert qui trouve une source.

— Les femmes comme moi n'abandonnent pas leur vie pour aller faire des enfants dans un camp militaire au milieu des charniers.

— Je sais, je suis foutu.

— Les femmes comme moi, tu sais ce qu'elles font avec les gars comme toi?

— J'écoute.

— Elles leur laissent des souvenirs mémorables pour quand ils doivent retourner au champ de bataille.

— Et les hommes comme moi, ils font quoi avec des filles comme toi?

— Ils leur laissent des souvenirs mémorables pour quand elles doivent retourner au champ de bataille.

Ce qu'ils ont fait, toute la nuit, à l'hôtel Pantone, sans égard à l'odeur de peinture fraîche et de chauffage central. Quant au parfum de mélancolie, il avait été remplacé par celui de leurs odeurs emmêlées par les caresses et l'amour.

À l'aube, au moment de quitter Catherine, encore chaude de sexe et de désir, Louis s'est attardé pour caresser sa peau une dernière fois, guérisseur de plaies ouvertes, apaiseur d'angoisses, chaude main d'un soldat gavé d'images sur un corps qui avait été son refuge pour la nuit. Il s'est penché à son oreille, et il a chuchoté:

— Demain, dans la bataille, pense à moi.

And just like that, he was gone. Catherine s'est enroulée dans le drap, encore moite des effluves de leurs ébats. Elle savait qu'elle ne le reverrait jamais, et c'était parfait.

Elle avait des images, et elles étaient mémorables.

Toute la nuit, Malik a attendu le retour de Bilal, sans savoir si la porte qui allait s'ouvrir serait pour lui annoncer sa libération ou son exécution.

Il n'était pas prêt à mourir. Pas comme ça. Pas sans se battre avant. Pas sans avoir retrouvé son père. Tout ce périple n'avait été décidé que pour retrouver son père. Malik était prêt à se barder d'explosifs et à ne pas en revenir, mais pas sans lui. Pas sans l'étreinte bienfaisante de celui dont il avait tant rêvé.

Vers minuit, il a vu des intervalles de lumière à travers l'interstice de la planche de bois pressé qui couvrait la fenêtre. Du second étage du pavillon, de l'une des chambres, il pouvait voir ce qui ressemblait à l'écran lumineux d'un téléphone portable. Trois éclairs brefs. Trois éclairs longs. Trois éclairs brefs. Trois longs.

Il pouvait presque deviner la silhouette derrière cet appel à l'aide.

Elle.

Un autre éclair bref, et puis, plus rien. Le noir. Avait-elle été surprise par lui, interrompue, démasquée? S'était-elle arrêtée juste à temps, vite, vite, retourner au lit, faire semblant de dormir, comme si de rien n'était?

Il perdait parfois conscience, de fatigue et de peur, épuisé par ses nerfs en déroute.

À l'aube, il a entendu la porte du pavillon s'ouvrir. Il a bondi du lit et s'est approché de la fenêtre.

Dans le jardin, sa robe de princesse scintillant sous la faible lueur de la lune qui cédait la place au jour, l'enfant s'avançait vers l'annexe.

Elle était couverte de sang.

Le cœur de Malik s'est mis à galoper dans sa poitrine, trop petite pour la cavalcade. Bilal avait tué sa femme. C'était de sa faute. Il l'avait regardée, il n'avait pas su dissimuler son désir, c'était de sa faute.

De sa main potelée, la petite a inséré la clé dans la serrure. Malik pouvait entendre le son des métaux l'un contre l'autre, des efforts de la petite pour que le pêne glisse dans sa niche, pour que la porte puisse enfin s'ouvrir. C'était interminable, et il avait envie de crier: «Dépêche-toi, mais dépêche-toi donc.»

Quand la porte s'est ouverte, il a poussé la petite qui cherchait à s'accrocher à sa jambe. Il s'est arraché à ses doigts qui s'agrippaient au tissu de son survêtement, comme on le fait d'une araignée venimeuse qui vous grimpe dessus, il ne voulait pas qu'elle le touche.

Il a couru vers le pavillon. La porte d'aluminium était restée ouverte, indolente, et à l'intérieur toutes les lumières étaient éteintes. Derrière lui, il entendait l'enfant geindre, comme un petit animal.

Ce qu'il a trouvé dans la cuisine l'a cloué sur place. Bilal était étendu sur le carrelage, sa grosse main velue sur le manche du couteau de cuisine qui lui transperçait la poitrine. À quelques pas de là, en chemise de nuit, ses longs cheveux défaits, sa femme sortait des vêtements d'un panier de plastique et les pliait, séparant les trois piles : celle de l'enfant, la sienne, celle de son mari. Malik a cherché son poignet du regard, en quête des hématomes familiers. Ils étaient là, violacés, presque jaunes.

Calme et posée, elle a levé les yeux vers le jeune homme. Un nez fort, une mauvaise peau, des lèvres charnues, et toujours ce magnifique regard, velouté et grave, empreint de sensibilité.

L'espace d'un instant, Malik s'est dit qu'elle aurait pu être une de ces filles qui fréquentaient le lycée avec lui, de celles qui riaient en se cachant le visage entre les mains, comme on rit quand on a dix-sept ans et qu'on ne veut pas montrer son jeu. Quel âge avait-elle quand elle avait donné naissance à sa fille ? Il ne voulait pas y penser.

Derrière lui, la gamine est entrée dans la cuisine, et sans un regard pour sa mère elle est allée se coucher sur le corps de Bilal, blottie contre le couteau, contre la poitrine, sa main potelée caressant le visage de celui qui avait été son père.

La femme de Bilal a fouillé dans le panier et en a sorti un t-shirt masculin dont son mari n'aurait plus besoin, et elle a entrepris de le plier avec soin. Pour la première fois, Malik a entendu sa voix :

— Tu dois partir, maintenant.

Douce, et rauque, sans aucune trace d'angoisse.

— Et toi ?

— Je vais les appeler.

Il a cru qu'elle parlait des autres membres de l'organisation, des passeurs, ceux que les médias appelaient « les fondamentalistes, les radicalisés ».

— Je vais attendre que tu sois loin, et je vais appeler les policiers. Ils vont savoir quoi faire de moi.

Elle semblait réconfortée par l'idée de se livrer.

— Et ta fille ?

Ils ont baissé les yeux en même temps sur la petite, qui chantait quelque chose à son père, collée contre son cadavre. La jeune femme a hoché la tête, il y avait du soulagement dans sa voix :

— Les services sociaux vont la mettre dans une famille. Avec un peu de chance, elle évitera ce qu'elle a connu avec moi.

— Et avec lui.

— Oui.

Elle s'est approchée de lui et lui a rendu son passeport et son téléphone.

— Je te l'ai mis sur la charge, si tu en as besoin.
Je ne dirai pas que tu étais ici. Et si on te prend,
tu diras ce que tu voudras, ça n'a pas d'importance pour moi.

Malik a ramassé son sac, et il s'est enfui, vite,
vite avant que le jour ne soit complètement levé,
laissant derrière lui une enfant orpheline en survêtement rose, et une jeune femme qu'on avait
mariée de force et qui, à peine libérée, se retrouvait déjà prisonnière.

Il ne savait même pas son nom.

Zaventem, un midi de novembre. Catherine avait passé la sécurité, les mitraillettes, les fouilles, les détecteurs de métal. Sur elle, pourtant balconnée d'Aubade et irradiée de partout, ils n'avaient rien trouvé, toutes les bombes qu'elle portait étaient indétectables, invisibles à l'œil nu, absentes des écrans radars.

Elle s'est installée au milieu du passage le plus occupé de l'aire d'embarquement et elle a ouvert son portable. Sur l'écran, le fichier commencé dans le café du refuge, avenue Louise à Ixelles, la narguait.

Catherine l'avait baptisé d'un titre provisoire, *Projet X,* et d'une phrase qui devait lui servir de phare en cas de ténèbres : « Puisque nous ne sommes en sécurité nulle part, vivons. »

Du magma de ses notes, tapées dans l'urgence, elle n'a même pas essayé de faire de sens. C'était son histoire, oui. Mais c'était aussi celle de Bianca, celle de Monia, celle de la femme de Bilal, qui n'avait pas de nom, et celle de leurs enfants, qu'elles avaient défendus, protégés et soignés, chacune à sa manière. Toutes leurs histoires se mêlaient à la sienne, et Catherine ne voulait pas attribuer de titre de propriété, ça n'avait pas d'importance. Tous les fils s'entrelaçaient, et tissaient ensemble une trame qui appartenait à toutes et à personne.

Elle a repoussé ses notes de mots plus bas, elle ne souhaitait même pas les relire, et elle a commencé à écrire en haut, dans le blanc du néant, à neuf.

Par un après-midi d'hiver, il est venu vers moi.

Je sortais de la douche. Ses mains, si fortes, ont fait ce qu'elles savaient faire de mieux : me prouver leur amour.

Il a arraché la serviette blanche qui couvrait mon corps, m'a poussée à terre, empoignée par la crinière et m'a tenue là, à quatre pattes, des échardes plein les genoux, des frissons plein le corps. Je sentais ses ongles dans la chair de ma nuque. Je savais, à la pression délicate de ses doigts, que son amour serait fort. Son poing s'est abattu sur mon dos, ma tête, l'endroit tendre où l'oreille rejoint le menton – pas le visage, notre survie financière en dépendait, pas le visage, je devais pouvoir aller à l'abattoir sans hématomes –, il a repris son souffle, et pendant un moment, les coups ont cessé.

— Dis-moi que tu m'aimes, Catherine.

Catherine a levé la tête au son d'une voix familière. La voix de Matt. Sur l'écran de télévision accroché au-dessus des bancs de l'aire d'embarquement, c'était lui, Matt Lewis, grand reporter de guerre pour la BBC, dernier bastion du désir d'honorer la plume dans la plaie. Derrière lui, ce n'était ni la jungle, ni le désert, ni un camp de réfugiés. Son théâtre habituel avait été remplacé par l'élégance grise de la place Stéphanie.

Vêtu d'une chemise laide et de son blouson usé, l'œil plus cerné que jamais, il s'adressait à la caméra. À ses côtés, le regard éperdu d'espoir, se tenait Bianca, menue et tenace, dans sa parka trop grande pour elle.

Matt rapportait l'histoire de cette femme qui cherchait son fils disparu entre les mains de l'EI, et qui ne baissait pas les bras.

Il citait les mères de la place de Mai, en Argentine, pendant la dictature, il parlait du courage et de la détermination de ces mères anonymes et désemparées qui refusaient de baisser les bras devant les tentacules des organisations terroristes qui leur prenaient leurs enfants. Sobre et convaincant, Matt regardait droit dans la caméra, et Catherine savait qu'il le faisait pour elle.

Juste pour elle.

Elle pouvait maintenant quitter la Belgique, elle n'était pas venue pour rien.

Toutes ces fois où je ne suis pas morte, toutes ces fois où je suis restée en vie valaient que je vive pour cet instant où un homme que j'aurais tant voulu aimer s'était mis au service de l'ordinaire pour en rapporter l'extraordinaire.

Je suis abîmée, tous ces bouts de moi arrachés par le chien enragé du deuil, de la perte et de la désillusion, mais en vie. Tant que j'aurai assez de force pour raconter la vie de ces femmes qui n'intéressent personne, je tâcherai de le rester.

Après, je pourrai mourir.

Une voix féminine a fait écho dans Zaventem.

— Les passagers du vol 729 en direction de Montréal sont invités à se présenter à la porte d'embarquement numéro dix-huit.

Je me suis levée, mon billet glissé dans mon passeport à la main gauche. Je rentrais. J'étais venue en quête d'amour, je repartais avec un livre à écrire. On dit que la vie nous donne ce dont nous avons besoin. Je n'y crois pas une seconde. Mais il faut s'arranger avec ce qu'elle nous donne. Au mieux de nos capacités.

Tu ne te reconnaîtras pas dans mon histoire, Matt. Ce sera… seulement ce que j'ai inventé de toi. Et de moi.

C'est ce que je fais, raconter des histoires, c'est mon métier. Le tien, c'est de chasser les images du réel pour les donner en pâture au monde, le mien, c'est d'en dépouiller la carcasse pour en faire l'autopsie. Tu peux me tuer tant que tu veux. Tu ne peux pas m'empêcher d'écrire.

Je t'aime.

ÉPILOGUE

Le 22 mars 2016, dans l'aire d'attente des vols internationaux de Zaventem, à l'endroit précis où Catherine attendait son vol quelques semaines plus tôt, une bombe explosait. Une seconde explosait quelques minutes plus tard, et ensuite une troisième, dans le métro de Bruxelles cette fois, à la station Maelbeek.

Cet attentat, lié à l'arrestation de Salah Abdeslam, a été revendiqué par l'EI.

Trente-deux morts, trois cent quarante blessés.

À ce jour, Catherine est toujours vivante. Matt aussi. Après quelques mois d'un silence bénéfique, et quelques mots prudents, ils sont redevenus des amis, preuve que l'amour était là, du moins assez pour savoir se faire du bien après s'être fait du mal.

Catherine a écrit l'histoire de Bianca, celle de Monia et celle de la femme de Bilal, à qui elle a inventé un prénom, Imen, trois femmes à qui personne ne s'était intéressé avant elle.

Très vite, place Stéphanie, il y avait eu d'autres mères dont les enfants avaient disparu, avalés par l'EI. Une douzaine de mères à peine, une douzaine de destins, assez pour que la télévision fasse des reportages sur elles, presque chaque semaine. Assez pour qu'on retrouve certains de leurs enfants, filles et fils.

Dans la forêt de Soignes, deux cavaliers chevauchant des étalons noirs ont découvert Malik qui s'y était terré, en fuite. Il avait froid et faim. Son statut de mineur lui a évité la prison, mais pas la détention juvénile. Il n'a jamais rencontré son père, mais sa mère va le voir tous les jours. Il est vivant, c'est tout ce qui compte.

Cédric est toujours en cavale, probablement mort, il n'a jamais donné de nouvelles à Malik, ni à Bianca.

Catherine n'a jamais revu l'homme de Belfast, ni Louis, l'ancien soldat d'Afghanistan, mais aujourd'hui encore elle les remercie d'avoir été sur son chemin.

Un matin d'août, alors que la lumière se charge d'or et de douceur, elle a loué une voiture et elle a roulé jusqu'à Henryville.

À deux kilomètres après la sortie du village, il y a une ferme, aux bâtiments rouges, et dans un enclos de sable blond, des chevaux. La ferme du fils de Mme Joly, de la petite épicerie de primeurs Joly Frais, rue Lesbroussart. Catherine n'avait pas oublié la gentillesse de cette femme derrière son comptoir-caisse. Dans un moment où rien n'allait, Mme Joly lui avait offert un peu de douceur. Une pause dans sa détresse.

Catherine a garé la voiture sur le côté en gravier de la route, et elle s'est avancée vers l'enclos, attirée par l'odeur chaude, les naseaux frémissants et la petite musique sourde des sabots sur la terre. Elle ne le sait pas encore, mais ce sont des criollos, ces petits chevaux d'Argentine, résistants et fiers.

Au milieu des bêtes, un homme aux cheveux noirs a tourné la tête dans sa direction. C'était lui. Le fils d'Amérique.

Remerciements

Merci à Pascale Jeanpierre, pour sa patience, son impatience, et les grands lattés au Sfouf, petit café de la rue Ontario qui ressemble au café bruxellois du roman. Propriétaires de tous les cafés du monde, merci de nous laisser traîner chez vous, occuper vos tables pendant des heures, vous êtes essentiels à la fabrication de milliers d'histoires, inventées de toutes pièces par des clients trop caféinés.

Merci à ma sœur, Sophie, qui me parle toujours comme si j'étais une vraie romancière, ce qui ne cesse de me surprendre, et qui me rappelle qu'on est toutes les deux de la même trame où le beau est toujours bizarre. Je t'aime, ma folle de sœur.

Et enfin, merci mille fois à Chrystine Brouillet, amie merveilleuse qui me nourrit, au propre comme au figuré, et dont la table est aussi ouverte que le cœur.

f Restez à l'affût des titres à paraître chez
Libre Expression en suivant Groupe Librex :
Facebook.com/groupelibrex
edlibreexpression.com

Suivez l'auteure :
facebook.com/genevieve.lefebvre
instagram.com/genevieverockylefebvre
twitter.com/GenevieveLefebvre

Cet ouvrage a été composé en
ITC New Baskerville Std 12,25/15,3
et achevé d'imprimer en février 2017 sur les presses de
Marquis Imprimeur, Québec, Canada.

garant   procédé sans   100 % post-   archives   énergie biogaz
des forêts   chlore   consommation   permanentes
intactes*

Imprimé sur du Rolland Enviro 100% postconsommation, fabriqué à partir
de biogaz, traité sans chlore, certifié FSC et garant des forêts intactes.